琵琶湖と俳諧民俗誌

—芭蕉と蕪村にみる食と農の世界—

篠原　徹

もくじ

琵琶湖北湖をいく漁船、後方右手は竹生島

湖畔で紅かぶらを洗う

(写真いずれも：辻村耕司)

第1章　芭蕉の近江、蕪村の京

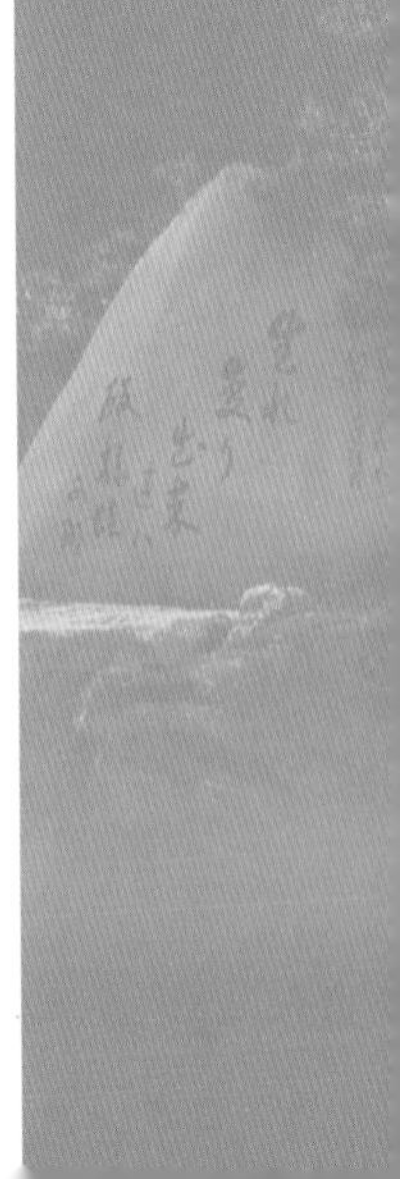

はじめに

芭蕉は業俳をやめて江戸深川に市隠の遊俳として暮らしていたが、41歳貞享元年（１６８４）の『野ざらし紀行』を皮切りに大坂南御堂で客死するまでの約10年間は旅に明け暮れた。この10年間に及ぶ旅暮らしのなかで近江での逗留は他の地に比べて異様に長い。

芭蕉は近江が気に入っていたようで、漂泊の詩人にしては近江での逗留は長く総計20ヶ月におよぶし句作も１０２句と他の旅の逗留地に比べ断然多い（注1）。これは実に不思議なことである。なぜだろうか。

普通考えられることは、彼の故郷が伊賀上野であり、近江とは風土も人びとの気質も似通っていて逗留するのに気がおけない場であったということであろうか。近江蕉門の人びととの関係も特別なものがあったとも考えられる。

大津膳所には菅沼曲翠や洒堂などいて芭蕉に尽くした。また大津には裕福な商人である乙州や智月もいたし、堅田には本福寺の千那がいて彦根には許六や明照寺《めんしょうじ》の李由などがいて、彼らは誠実に芭蕉と接していたので居心地がいいということも考えられる。芭蕉の俳諧がわび・さび・しおり・ほそみ・かるみと変化していくことに対しても彼らは芭蕉の俳諧のよき理解者でもあった。これも近江が芭蕉にとって特別の地である理由かもしれない。しかし、芭蕉の近江への愛着はもっと別のところにありそうなのである。それは芭蕉が近江で詠んだ102句に隠されているのではないか。

芭蕉は漂泊の詩人といっても故郷から追い出されたわけではない。むしろ逆で出郷の成功者として帰郷のたびに彼の社会的地位は上がっていった。野ざらし紀行以降の死ぬまでの10年間にも何回かは伊賀上野に帰郷している。そして芭蕉の故郷を詠む句は、望郷というより懐郷というべきである。望郷とは何らかの理由で帰りたくとも帰ることができぬ場合に使う言葉であろう。私のこの論での主張は、芭蕉は懐郷の念が嵩じて帰郷の念をもち始めていたのではないかということである。

現在では帰郷の願望をもった人が実際に帰郷するには三つのパターンがある。生まれ故郷に帰るのはUターン、生まれた県の都市部やその周辺つまり就職などの問題があるので生まれ故郷の近傍に帰るのはUの半分なのでJターン、そして生まれ故郷とは関係なく自分が理想とする自然の豊かな場へ帰るIターンというわけである。芭蕉は生まれ故郷の近傍つまり芭蕉の俳諧に対する理解者も多く彼の生まれ育った地とよく似た風土である近江を隠棲の場として選んでいたのではないか。彼は帰郷の場として故郷ではなく異なる場を選んでいた。つまり彼はIターン希望者であった。これがまずひとつの主張であるが、それを近江で詠んだ近江の風土をよく表している彼の102句の中にみてみたい。

蕪村は郷愁の詩人として喧伝されるが、それは本当だろうか。郷愁の核に母なるものを据える安東次男による蕪村の俳詩である「殿河歌」や「春風馬堤曲」などの解釈は私にはどうしても深読みに過ぎる気がしてならない（注２）。

蕪村は、若い頃家のどんなゴタゴタが原因であったのかわからないが故地・毛馬を出郷して江戸に向かった。それは明治の初期の若者のような青雲の志があって向都離村したとは思えない。むしろ出奔とか家出に近いものではなかったのか。

才能溢れる彼の若い時代の漂泊や遍歴は一種の修行時代であろうが、おそらく絵師として一花咲かせようと人生の後半京の都に落ち着く。後世、蕪村は籠もり居の詩人とか艶詩人と呼ばれるが３０００句近い俳諧発句をものにする。

蕪村は36歳から67歳で死ぬまで「京好き」の「よそ者」として京に住むが、その間でも丹後の宮津や四国・丸亀に長期に仮住まいをしている。摂津の池田には裕福な俳人仲間もいて出かけているし、本当に望郷の詩人ならいくらでも毛馬に寄ることはできたはずである。私は毛馬に寄れない事情があるのではなく、蕪村はキッパリと家郷を捨てた人ではないかと思う。

私もはじめは蕪村の郷愁を思わせる句や俳詩は、故郷である毛馬には寄ることさえできないよんどころない事情があり歳とともに郷愁の感情が募った結果なのだと思っていた。陶淵明は「帰去来辞」の詩のとおり故郷に帰ったが、蕪村は帰らぬ決心をしていたのではないか。陶淵明の場合は、都市での生活や役人としての生活に伴うさまざまな束縛を逃れたいという理由であり、故郷での生活を本当に望んだのかどうかは別である。実際に帰郷することと望郷の詩を書くことは必ずしも結びつく関係とはいえない。

逆に特別に嫌なことがないにもかかわらず故郷を捨てる人は結構いるものである。

蕪村の句に「春の暮我住む京に帰らめや」や「花に暮ぬ我すむ京に帰去来《かえりなん》」があるが、この句に表現されているように彼は生まれ故郷でもない京を帰るところと思っている。蕪村の生活したわび住まいの路次裏が京なのである。それは職人や商人の多く住む京は下京の路地裏の貸し屋へ帰ることを「京」と表現しているのである。彼は京の「よそ者」であり、同時に「京好き」の俳人であり、この地で死のうと思っていたにちがいない。

芭蕉が、帰郷願望で帰郷できなかった詩人だとすれば、蕪村はよそ者の京好きの詩人であったといえる。このことを芭蕉が近江で詠んだ102句と蕪村が詠んだ京の句によって明らかにしてみたい。

蕪村を郷愁の詩人としたのは萩原朔太郎が最初であるが、文学評論に限らずこの手の話は他人に仮託して自らを語るということなのであって郷愁の詩人蕪村と萩原朔太郎が言ったのは蕪村のことではなく自らの故郷観を吐露したものにすぎないと思われる。

蕪村が聞いたらそれはちがうぜと言ったに違いない。私の結論も同じように違うぜと言われるかもしれないが、芭蕉を蕪村との対比で語るとすれば、蕪村は「よそ者」の「京好き」の俳人であるのに対して芭蕉は「鄙好き」の「京・江戸嫌い」の俳人という言い方もできようかと思う。

1 芭蕉のフェイバリットと俳諧

俳聖・芭蕉が好きな食べ物をご存知だろうか。

蕎麦と膾《なます》あるいは蒟蒻《こんにゃく》は好きらしいというのは以前からの多くの俳人や研究者に言われている（注3）。この三つの食べ物以外にあるのであろうか。俳聖だからと言って霞を食べて生きているわけではない。

日本人はある特別な才能をもっていて傑出した仕事をした人物を神として崇めたり、その人を讃える石碑を建立したりする習俗がある。典型的には信長や秀吉あるいは家康などは神社までつくられたりする。庶民でも義民・佐倉宗吾郎なんかは宗吾霊堂まで造られ崇拝されている。無念の死を遂げた敗者ですらまったく関係のない庶民によって祀られたり墓ができたりする。

芭蕉自身が本人の遺言で葬られた膳所の義仲寺は、京から敗走して近江粟津の田圃で乳兄弟・今井兼平が討ち取られないために敵と奮戦中に自害を遂げた木曾義仲の霊を弔うためにいつしかできたと言われる。墓下には遺骸はないと思われるが義仲の墓の横に芭蕉の墓がある。こちらは遺骸はある可能性が高いが、さらに追慕した伊勢山田の俳人・島崎又玄の「木曾殿と背中合わせの寒さかな」の句碑が建っている。

芭蕉自身も俳神として崇められて各地に句碑が建てられている。近江にも少なくとも90以上の芭蕉句碑があるというからすさまじいものである。

幕末には句碑建立が流行したらしく全国で数千の芭蕉句碑があるそうだ。私の住んでいる近江八幡市の願成就寺には、百年忌（「一聲の江に横たふやほととぎず」寛政5年（1973）建立）、二百年忌（「比良三上雪さしわたせ鷺の橋」明治36年（1903）建立）と三百年忌（「五月雨に鳰の浮巣を見に行かん」1994年建立）と3基もの句碑がある。一カ所に芭蕉の句碑が3つもあるのは珍しいことである。こんな風に奉られてしまうとその人の日常生活や好物や嫌いなものを探るのは不謹慎かの如き眼を向けられる。

芭蕉の近江での102句は、この義仲寺内あった無名庵を活動の拠点として詠まれたものが多い。これらのなかの13句に食べ物が登場するのであるが、その数はなんと15種類の食べ物が出てくるのである。それも如何にも近江らしい食べ物であり、詠みっぷりからみるとそれらは芭蕉のフェイバリットといって差し支えないと思われる。

その15種類の食べ物を挙げてみると次のようになる。個々の食べ物の紹介は後にするとして、詠まれた年代順に

干鱈、氷魚、膾、菊の酢和え、穂蓼と唐辛子、海老、柿蜜柑、味噌壺、菊の酒、煮麺、蕎麦、冷やし物、そして最後は飯・米である。

これらが芭蕉のフェイバリットではないかと言う根拠はいくつかあるが、後に述べるように芭蕉の至高の紀行文学『おくのほそ道』中の51句には食べ物は一切出てこないこともその理由のひとつである。その根拠とは、これは旅の文学であって生活感がない文学だと言えるからである。

行く春をあふみの人とおしみける　芭蕉

木曽殿と背中合わせの寒さかな　又玄

木曽義仲の墓（義仲寺）

江戸から東海道を歩き最後の五十三次目の宿・大津の町に入る直前に義仲寺はある。東海道に面していて、義仲寺の反対側には琵琶湖が迫っていた。そこはヨシを中心にした抽水植物（ヨシ・マコモ・ガマなど）が湖岸を覆っていていかにも鳰（カイツブリ）の浮巣がありそうな光景であったであろう。江戸で武門俳人・内藤露沾に献じた「五月雨に鳰の浮巣を見に行む」の句は義仲寺からの眼前の風景を思い浮かべての挨拶句であろう。『笈の小文』の旅直前の句であり、近江への想いを秘めた句でもある。

芭蕉の墓所（義仲寺）

義仲寺翁堂

（写真いずれも：辻村耕司）

比良三上雪さしわたせ鷺の橋
芭蕉

秋の淡海かすみ誰にもたよりせず
森澄雄

【保永堂板】近江八景之内　瀬田夕照　歌川広重
（大津市歴史博物館蔵）

芭蕉がしばしば滞在したのは粟津晴嵐の松並木の真ん中あたりの石場の義仲寺・無名庵。二つの風景が見られるのは芭蕉が３か月ほど滞在した国分山の幻住庵あたりから琵琶湖を望むと近江の「ひろやかな空間」と「はるかなる時間」という時空を超えたパノラマが展開する。森澄雄の句はシルクロード旅行中に急に近江への想いが募り、芭蕉の「行春をあふみの人とおしみける」と同じ感情を渇望したという。水のある風景は人に詩想を惹起するもののようだ。

【保永堂板】近江八景之内　粟津晴嵐　歌川広重（大津市歴史博物館蔵）

私が俳諧・俳句に関心をもつようになったのはいくつかの契機があるが、柳田国男の俳諧論もそのひとつである。

柳田国男の俳諧への眼は文芸評論としてではなく、俳諧がもつ歴史資料性への着目である（注4）。もうひとつは柴田宵曲による『俳諧博物誌』による俳諧・俳句のもつ博物誌資料性への言及である（注6）。

この二人の俳諧・俳句の見方は、俳諧・俳句の出来不出来など問題にしないところが共通で、俳諧・俳句を近世・近代の各時代の歴史資料として、あるいは博物誌資料としてみるわけである。これは俳諧・俳句評論としては邪道であろうが本人たちは一向に気にしていない。いうなれば俳諧・俳句の外在的理解をめざしているもので、たった17音の世界最小の短詩の詩学的理解を内在的理解が本道だとすればやはり横道にそれているかもしれない。

芭蕉のフェイバリットとして挙げた15種類の食べ物は歴史資料性と博物誌資料性から見ても興味深いものばかりであるが、これらは近江の庶民の食生活を考える上では欠かせないものばかりである。こんな生活感溢れる生活に密着したものを俳諧のなかに詠み込むというのは余程好きなものであったにちがいない。

石部宿にて「干鱈を割く女」

まず干鱈であるが、これは「躑躅生けてその陰に干鱈割く女」の句の中に現れる。東海道石部の宿の茶屋で詠んだとされる句であるが、歴史資料性ということから言うとその頃もう北前船で運ばれた干し鱈や干し鰊が庶民の泊まる宿の料理にも使われていたことに着目したい。

17世紀半ばまでは北前船は北海の産物を運んで敦賀や小浜でおろされ山を越えて北近江の琵琶湖岸・塩津に入った。そこから琵琶湖固有の丸子船に積み直され湖を渡り、大津にやってきた。そこから逢坂の関などを越えて物産は京や浪速に運ばれた。大坂の塩昆布や京の鰊蕎麦あるいは干し鱈の名物・芋棒などはこの物産の交易ルートによってできあがった。当然のことながらこれらの物産は大津で卸されて近江にも流通した。

この交易ルートは河村瑞賢による菱垣廻船の西廻り航路の開発以降（1672年）は衰退するが特別な物産の京や大坂への流通はその後も変わらない。

この句の通り東海道や中山道の宿屋には干鱈の料理（割って長く煮て柔らかくして味付ける料理が多い）がこのころ出されていた。現在でも12月になると滋賀県内のスーパーマーケットには棒鱈が出回る。

滋賀県の友人に聞くと、正月料理には棒鱈を使うそうだけど実際には私は食べたことはない。丸子船が琵琶湖の沖合を2月から3月の寒い頃琵琶湖を周航する光景を「鱈船や比良より北は雪景色」と彦根蕉門の李由が詠んでいる。彦根の李由のいた明照寺に行ってみると少なくとも雪の比良と丸子船の帆だけはみえたと思われる。

京で棒鱈料理が芋棒として有名になるが、近江ではそれ以前から庶民の食べる料理としてすでに定番になっていたにちがいないし、芭蕉の故郷の伊賀上野までも流通していて芭蕉には馴染みがあったにちがいない。

鱈船や比良より北は雪景色　李由
けふ限り春の行衛や帆かけ船　許六

烏丸半島から雪の比良山系を望む

李由は彦根・明照寺の住職、許六は彦根藩三〇〇石の大身の武士。二人とも彦根蕉門である。帆を張った丸子船が琵琶湖を行き交うのを日常的に見ていたにちがいない。２月大寒のころ冬麗の日に琵琶湖の北湖湖岸から西側を見ると比叡山には雪がなく、比良山系になって雪景色となる。振り返って三上山をみるとやはり雪はない。許六や李由の句は実景描写しつつ近江の「ひろやかな空間」と「はるかなる時間」の超時空の無常迅速を表現している。（写真：琵琶湖博物館　金尾滋史）

躑躅生けてその陰に干鱈割く女

芭蕉

芭蕉は下記の句を東海道石部の宿の茶屋で想を得た。塩津と大津を結ぶ航路を行き交った丸子船は北前船が敦賀まで運んだ干鱈や干鰊をさらに京や大坂に運んだ。当然、これらの品々は近江でも消費された。この句はそのことをよく示している。宿で働く女が何をしているのか芭蕉にはよくわかっていたのであろう。それほど芭蕉は故郷・伊賀上野にも似た近江の風土や食べ物になじんでいたと思われる。

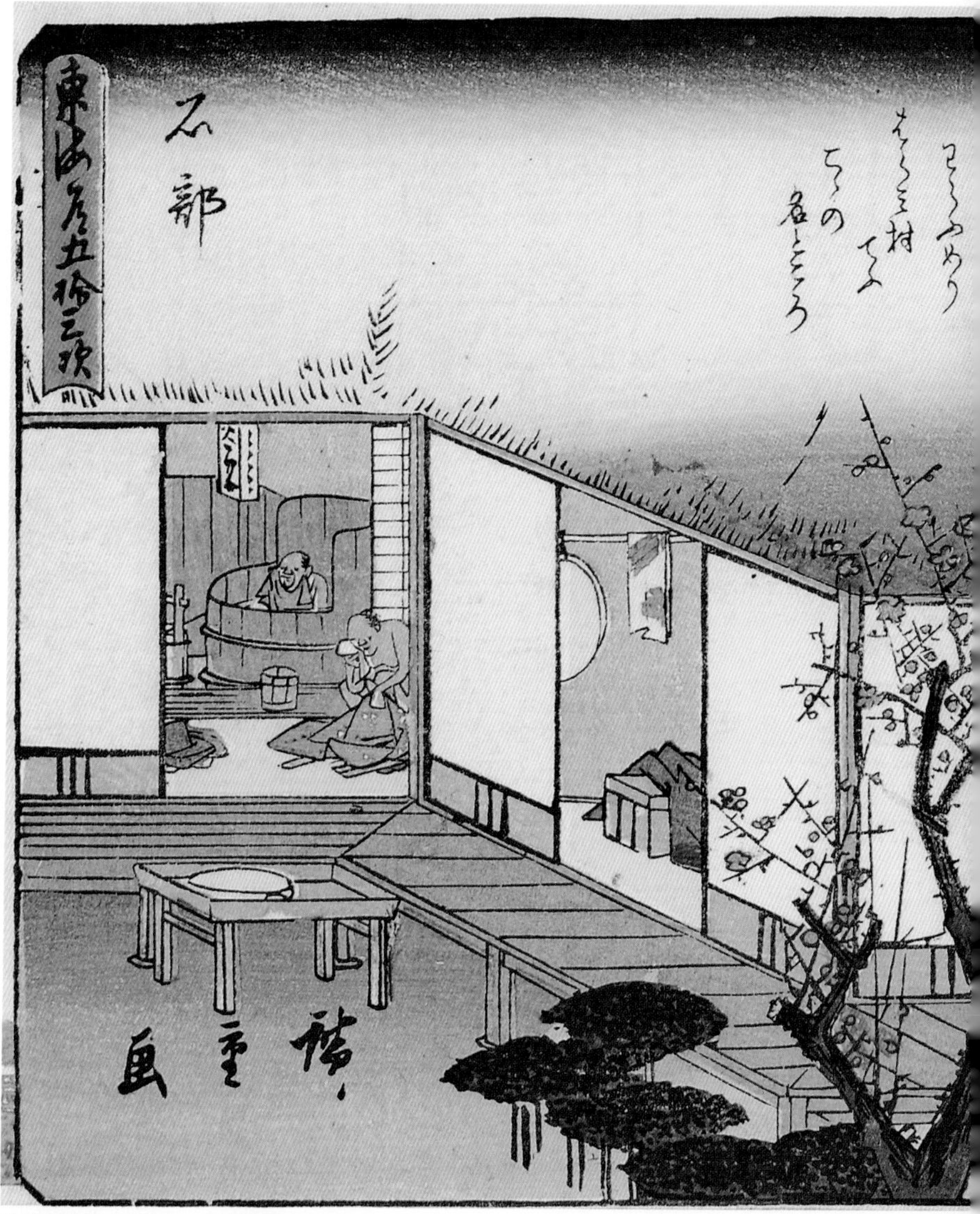

東海道五十三次　石部宿（草津市蔵）

句を詠む情景を想像するに、宿屋の料理をする女が棒鱈を割っている光景をみて尋ねなくとも棒鱈だと分かっていたのであろう。

私は民俗学を専門とする研究者なのであるが、民俗学では地域文化研究のためフィールドワークを行う。それはいうなれば「歩く・見る・聞く・話す」という行為なのであるが、これは俳諧・俳句における旅や吟行に似ている。

民俗学の場合は四つの行為のうち「聞く・話す」のほうに比重がかかっていることが吟行とのちがいかもしれない。私の場合はこれに酒を一緒に「飲む」ということが加わる場合が多いので、何を聞いたんだか後ほど分からなくなることが多くなった。

フィールドワークを主たる方法にする民俗学を専攻するものの直観でいうのだけれども、「干鱈割く女」をみて新米の民俗学者のように芭蕉が「何を割いているんですか」と聞いたとは思えないのである。芭蕉は近江の日常生活や風土についてはあたりまえのように知っていたと思う。

田上の網代の氷魚

琵琶湖の特産である氷魚とは鮎の稚魚のことである。数センチメートルの体が透明なこの鮎の稚魚は古くから都の貴顕には有名であった。琵琶湖から瀬田川となって流れ出るところから数キロメートル下流の田上での網代で獲られたと文献にはでてくる。芭蕉はあたかも漁師が客をもてなすように「霰せば網代の氷魚煮て出さん」と詠んでいる。

歴史に関心のある人びとには「田上の網代」の氷魚として知られている稚魚である。私はこの句によって芭蕉が自らを近江に定住する人に見立てて客をもてなしている情景として詠んだとみている。定住する人はあるいは漁師であったほうがなおいいのかもしれない。

河川と海を回遊する鮎では産卵した孵化した稚魚は川に流されて海に行くと思うのであまりにも小さな孵化したばかりの鮎の稚魚を獲ることは不可能である。琵琶湖の鮎は琵琶湖で生まれ琵琶湖で育つので、鮎の稚魚・氷魚は琵琶湖を抱える近江しかありえないわけである。だから田上網代で氷魚が獲れたというのであれば、琵琶湖の中で氷魚の大きさに育ったアユが瀬田川を下ることにならなければ獲れるはずがない。文献などに出てくるこういう話はいうなれば当時の知識人が漁師などに聞いたのであろうが、漁師のほうはどうせ丁寧に言っても理解できないだろうから、田上の網代で獲ったと適当に言っていたにちがいない。

私は田上の漁師が琵琶湖までやってきて（たいした距離ではないので）琵琶湖のなかで仕掛けた網代（魞）で獲っていたにちがいないと考えている。

このことよりも大事なことは、この句はまさに漁師や農民たちが生業を成り立たせるために欠かすことのできない自然暦そのものを句にしたものではないかと思うことである。

鮎の瀬に朝日さすなり田村川

志朗

コアユ（写真：金尾滋史）

東海道五十三次　土山宿（草津市蔵）

琵琶湖で生まれたアユは琵琶湖にとどまればコアユのままで大きくなれない。しかし琵琶湖に注ぐ河川に遡上し石の上の藻類を食べれば大きくなる。尾張の俳人・志朗の句はそのことを示している。俳諧が歴史資料や博物誌資料となるいい証拠である。この句は東海道・土山の宿の句で、現在田村神社の境内近くを流れる田村川の橋の袂に志朗の句碑がたっている。ここまで琵琶湖のアユが遡上していたことを示す句である。田村川は野洲川の上流にあたる。井上志朗は「伊勢は津でもつ津は伊勢でもつ、尾張名古屋は志朗（城）でもつ」と俗謡にまで詠われた寛政期の尾張有力俳人で、温厚長者の風濃い医者俳人でもあった。京の都との往還の旅の句であろう。

蓋然性の高い自然暦

山形県東田川郡朝日村大鳥といえば東北の名峰・朝日岳の登山口のひとつである。この朝日岳の麓の大鳥で熊狩の名人であった佐藤蔵次さんに酒を飲みながら熊狩の自然暦を教えてもらったことがある。いつ頃からツキノワグマの狩猟にでかけるんですかという質問に蔵次さんは即座に「青蠅がでるころ熊が出る」と言った。

青蠅はミヤマキンバエのことであるが、ミヤマキンバエが活動を始める頃と冬眠から醒めたツキノワグマが穴から出て活動を始める時期が同調することを熊狩の猟師は経験的に知っている。こういうのを自然暦というが、太陽暦であろうが太陽太陰暦（旧暦）であろうが、暦で何月何日頃、熊狩を始めるというのはまったくあてにならないので、これは近世なら暦もなかった地域の文化の遅れた地域の知恵だと思っては大間違いである。

生物の生活史のエポックである植物なら発芽・開花・成熟や動物なら発情・産卵・出産・回遊などは、受精後や産卵後の外気の積算温度や積算光量などによって決まる。

したがって俳諧・俳句でいうところの「取りあわせ」になる「青蠅の出現」と「冬眠から醒める熊」の行動が一緒になるのは経験的な科学とさえ言える。

暖冬もあれば厳冬もあるので熊が冬眠から醒めるのは年によって異なる。しかし、積算温度や積算光量で行動が決まるのであれば、暖冬だろうと厳冬であろうと「青蠅がでるころ熊がでる」のである。だとすれば自然暦のほうがよほど蓋然性の高い話なのではないか。

和歌山では「チグサの花が飛びかかれば山桃ひかる」なんて言ってたらしい。

チグサ（チガヤのこと）は血の草で確かにこの草は剣のような形で人を斬ったように真っ赤になるがそのチガヤの穂が飛ぶ頃になると雌雄異株だけどヤマモモの実が熟して食べ頃になるとそれこそ定住している農民が身の回りの自然について当たり前のことのようにさまざまな自然現象について熟知していることを示している。

私は二つの現象のうちのひとつが野生の時間あるいは野生の時計であり、それによってもうひとつの野生動植物の採取や栽培植物の播種の時期などを知ることだと考えている。

芭蕉の「霰せば網代の氷魚煮て出さん」というのは、琵琶湖界隈に住む漁民や農民にとっては、味わい深い俳諧の真髄なんていうものではなくごくあたりまえの自然暦を口ずさんだにすぎないのかもしれない。確かに霰が降るころ、そろそろ鮎の稚魚は現在では魞に掛かるようになるので、これはかなり蓋然性の高い自然暦である。

柳田国男に『野鳥雑記』と『野草雑記』という庶民の自然に関わる民間知識を考察した興味深い本があるが、『野鳥雑記』の冒頭に次のような記述がある。

「畠に耕す人々の、朝にはまだ蕾とみて通った雑草が、夕方には咲き切って蝶の来て居るのを見い出すやうに、時は幾かへりも同じ処を眺めて居る者にのみ神秘を説くのであった。静かに聴いて居ると我々の雀の声は、毎日のやうに成長し変化して行く」（注6）

このなにげない指摘は定住者と旅人の観察の相違を見事に言い当てている。

自然暦の創出は定住者しかできないのだから、すると「霰せば網代の氷魚煮て出さん」という自然暦まがいの句は、芭蕉が漁師などから聞き書きをとって擬似的な定住者の感覚で句を作ったと考えなくてはならない。ここまで書いて、逆に、だとすればこの句は近江の定住者たちにしか言語上も感性上も理解できない句なのかと思った。

どうもそのことは言えそうな推測である。私は芭蕉が詠んだ近江での１０２句は、『おくのほそ道』のなかの句ほど有名ではないのはこのことに理由があるのではないか。確かに現在でも干鱈も氷魚も聞いたってピンとくる人はそんなにいない。つまり近江１０２句は近江限定の句なのかもしれないのである。

近江で詠んだ食べ物の出現する13句の内わずか2句しか紹介していない。では他の11句についても同じようなことがいえるのであろうか。結論だけ先に言うというと当たらずとも遠からずという程度よりはもう少し当たっているのではないかということである。先述した2句のように説明していたのでは紙数が尽きるのでまず残りの11句を近江来訪順に簡単に説明してみたい。

鮎と菊の酢の物

何を材料としたのかは不明だけれども膾の句「木のもとに汁も膾も桜哉」、おそらく海老は琵琶湖特産のスジエビだと思われる「海士の屋は小海老にまじるいとど哉」の2句を取りあげよう。

膾は芭蕉の好物であったと考証する人もいるが、琵琶湖のコアユを使った鮎膾なら私の主張をさらに補強することになる。なぜなら琵琶湖にとどまる鮎は大きく成長することができず小鮎のままだからである。

小鮎の膾なら琵琶湖にしかありえない近江の固有の料理ということになる。次の食べ物に関する2句も芭蕉の4回目の近江への旅での句であり、この時は滞在時間ももっとも長く6ヶ月にも及ぶ。

近江の俳人たちとよく俳筵を敷いた時で端的に近江の人と風雅の交わりをすることの喜びを表現した「行く春や近江の人と惜しみける」はこの滞在時での発句である。

この時の食べ物の句「蝶も来て酢を吸ふ菊の酢和哉」と「草の戸を知れや穂蓼に唐辛子」に出てくる菊の酢和（つまり菊膾）と穂蓼（タデ科のなかで唯一辛味のヤナギタデで近江では現在でも農家が半栽培している）は近江らしい食べ物であり、近江に住んでみないとおそらくわからないものである。

穂蓼や蓼の若い葉は乾燥して粉にして飯粒と混ぜて酢を加え蓼酢を作り、夏の鮎を焼いて食べる時の香辛料である。

菊の花を食べる文化は秋田県や青森県そして新潟県などが有名であるが、東北では「もってのほか」、新潟では「柿の本」なんていわれてスーパーで乾燥した菊の花が乾燥海苔のような状態で売られている。

実はこの菊の花を食べる文化は近江にもある。近江には比叡山麓に坂本地域に黄色と紫色の

蝶も来て酢をすふ菊の酢和哉　芭蕉

月さびよ　明智が妻の噺せむ　芭蕉

三津浜

比叡山焼き討ち後、再興に尽力した明智光秀が眠る西教寺には、献身的だった妻熙子を芭蕉が詠んだ句碑が建つ。

食用の坂本菊は、期間限定ながら西教寺で「菊御膳」として供されている。

(写真いずれも：辻村耕司)

坂本菊という栽培菊があり、この花は食用菊として昔から栽培されていた。

食用菊は中国から伝来したもので、私は東北などの食用菊は北前船で逆に近江から新潟や秋田、青森に伝播したものではないかと睨んでいる。芭蕉の句の「菊の酢和」はこの坂本菊の膾なのではないかと思う。

望郷や郷愁の感覚を呼び覚ます柿の木

次の4句は芭蕉の第6回目の3ヶ月ほどの義仲寺・無名庵での滞在時のときのものである。このときは無明庵での自炊生活もしていたのであろうか「米くるる友を今宵の月の客」と詠んでいるが、私は深川の芭蕉庵にしろ滞在の長い無明庵や国分の幻住庵の毎日の食事はどうしていたのか気になる。

この句など飯を炊くなどのことはしていたと思わせるが、こんな句はやはり擬似的な定住者気分でなければできない。というより私には長期調査を異国でおこなう人類学者が現地で間借りして生活するのと同じようなことを芭蕉をしていたのではないか思う。

堅田での月見に出かけた時の句「一六夜や海老煎るほどの宵の闇」や義仲寺での句「秋の色ぬか味噌壺もなかりけり」などは、風雅を求める心とは思えないほどの生活臭がある。

次の堅田あたりの別荘に招かれた時の挨拶句「祖父親《おぼちおや》孫の栄えや柿蜜柑」は芭蕉の故郷観を素直に示す伊賀上野での句「里ふりて柿の木もたぬ家もなし」と同じような感覚であろう。

小さな山や丘陵の山麓の旧家と柿の木の取り合わせはまちがいなく帰郷心を駆り立てる。近江を歩くとこうした翠微の旧家に柿の木がよくある。聞いてみるとだいたい4種類から5種類の柿の品種を植えている。御所柿、富有柿、次郎柿と言う名の柿は普通どんな家でも植えている。近江では月夜柿といって月夜に採ると甘いと言われている柿もときどきみかける。大きな実のなる百匁（目）柿というのも好まれた。柿渋を買いに来る人がいたので渋柿も1本や2本もっているのが普通であった。

柿の木がどうして望郷や郷愁の感覚を呼び覚ますのか。これを考えていて思い出したことがある。それは稀代の歩く民俗学者であった宮本常一が報告していることであったが、昔大阪南部あたりで聞かれた習俗である。

庭の柿の木は嫁入り支度のひとつとして里から婚家にもってきて植えられたもんだそうだ。そして同時に自らが死ぬ時には火葬に必要な薪としてこの柿の木が使われるのだそうだ。嫁入りした人が老いて死を覚悟したとき、あの柿の木で自分を焼けと言い残したとしよう。こんな実践を如何にも民間の取るに足りない知恵のような意味にとられがちな野の習俗などと卑下した言い方がどうしてできようか。

私はこういうのこそ「野の哲学」として民俗学がもっと取りあげるべきだと思った。

近江でもこんな話が聞けないかと近江を歩くときときどき聞いてみた。残念ながらこうした習俗は近江では聞けなかったが、「墓をつくらない村」があることを知った。

里ふりて柿の木もたぬ家もなし

芭蕉

琵琶湖東岸の犬上郡豊郷町の風景、農村地帯では今もそれぞれの
畑や敷地には柿の木を多くみることができる。

これ以上言及すると話が逸れてしまうが、病気の寝床から火葬の薪に使われる庭の柿の木を指さし「婆〻寝込みあれでオラを焼けよと庭の柿」とこの話の見事さに一句作って記憶することにした。

柿の木の話となれば民俗にも造詣の深い俳人・坪内稔典さんに『柿日和—喰う、詠む、登る』という興味深いエッセイ集がある。彼もこのエッセーのなかで上記の芭蕉の柿の二句を素材にして同じようなことを書いている（注7）。私はこのエッセーを読んで俳句の世界が民俗学の世界に親和性をもっていて意外に近い存在だということを知った。

私がこの火葬の薪に柿の木を使う習俗を取りあげたのは、どうやら庭の柿の木には「母を焼く」ことに象徴されるように、母のイメージがつきまとっているからではないかと思ったからである。

芭蕉の2句には「庭の柿の木」に母のイメージが隠されているから郷愁や望郷といった感覚を惹起させるのではないか。私の民俗学の師匠であったのは民俗学の世界では一世を風靡した『イモと日本人』（未来社、1979年）の著者・坪井洋文であったが、彼もときどき短歌や俳句を隠れて作っていた。

彼には「故郷の精神誌」という実に鋭い故郷論があるが、彼の短歌のなかに図らずも彼自身の故郷観を表しているものがある（注8）。彼の論を支えていたのは、「わが家に帰りつくよりたらちねは月影に出て柿もぎたまう」という詩である。故郷のイメージはやはり母と柿なのである。

芭蕉は酒飲みであったのかどうかというのは人間芭蕉に関心を寄せる者は当然気に掛かる問題であろう。近江102句の中に直接酒を詠んだ句は一句である。それは重陽の節句に無名庵で無聊を託つ芭蕉に乙州が菊の酒を一樽持参したという句「草の戸や日暮れてくれし菊の酒」である。

芭蕉の酒量については彼の句から推測したことがあるが、決して上戸ではないが、さりとて下戸でもない。酒量の度合いが郷愁や故郷観とそれほど関係するとは思えないので、酒について言及はこの程度にしておきたい。

句中に食べ物が出現する句は残りは5句である。芭蕉の近江での長逗留では普段は自炊していたのかもしれないが、「飯を炊く」などというきわめて定住生活の当たり前のことを詠んでいる句「飯あふぐ嚊が馳走や夕涼み」は芭蕉の擬似的定住者を思わせる句の最たるものである。同じように「煮麺の下焚きたつる夜寒哉」の煮麺とは素麺を醤油で煮たものであるが、これは現在長浜の名物・鯖素麺と同じものではないかと思う。

鯖素麺の鯖は小浜や敦賀方面から入ってくる焼き鯖を味付けする（注9）。それを茹でた素麺を味付けして上にのせて食べるもので春祭りの頃嫁入りした娘のところに実家から昔は届けられたものだそうで実に美味いものである。芭蕉が食べた煮麺に焼き鯖がついていたかどうか不明だが、家庭的料理である。「夏の夜や崩れて明けし冷し物」は無明庵滞在中の芭蕉の面倒をよくみた篤実な武士・菅沼曲翠の家での宴に出された料理のひとつであるが、とくに近江らしい食べ物ではない。裕福な武士の俳筵や宴会ではこんなものが出されるのかということで、芭蕉の隠栖志向とは関係がない。

芭蕉、蕎麦を詠む「京嫌い」「鄙好き」

最後に竜が丘の山姿亭に招かれたときの句「蕎麦を見てけなりがらせよ野良の萩」について考えてみたい。

この句は俳諧を嗜む山姿亭の別処をもつ農民への挨拶句と言われるが句の意味するところは芭蕉の本音をよく表している。

萩は京の伝統的な和歌の世界を表し、蕎麦は芭蕉がそうした貴顕の伝統的な雅の世界から脱却し庶民のなかに見いだした新たな風雅を表している。

芭蕉は鄙に都の雅に対抗できる風雅を発見したわけであるが、この風雅とは山水画に登場する中国の隠者と同じように隠栖する場を探し求めていたというべきか。実際に芭蕉は鄙の代名詞のような蕎麦が好物であるし、京は蕎麦がまずく俳諧も下手だとも言っている（注10）。無明庵のすぐ上になる竜が丘は現在国道一号線の車がビュンビュン通るところだけど芭蕉が無明庵に滞在していたころは蕎麦畑が広がっていたようだ。

近江は現在でも比叡山下の坂本や伊吹地方では蕎麦が名物である。伊吹のほうでは辛味大根のおろし蕎麦は格段とうまいものである。

芭蕉が伊賀上野滞在中に訪ねてきた俳人への挨拶句「蕎麦はまだ花でもてなす山路かな」あ

るいは更科紀行の姥捨山で詠んだ「身にしみて大根からし秋の風」は、近江での句と合わせて芭蕉が蕎麦を詠んだ三名句だと思う。

私は近江のこの一句で、芭蕉の「京嫌い」で「鄙好き」つまり京や江戸の華やかな食べ物より近江のような地域や伊賀上野のような地域の食べ物が好きだと表現している気がしてならない。

ただ近江の特産である鮒鮨の句が芭蕉にないのは残念である。当時すでに鮒鮨は店でも買うことができたのは、彦根蕉門の木導に「日覆の魚見せ涼し鮨の薫《かざ》」とあるのでわかる。それに芭蕉が好んだのなら乙州や智月あるいは翠水や洒堂たちが手に入れるのは簡単なことだから提供したにちがいない。

酒飲みの私としては芭蕉に酒の肴の絶品・鮒鮨の句がないのは実に寂しいことだと思っている。それに対して蕪村はまったく反対で多くの鮨の句があるが、これは蕪村のところでみてみたい。

蕉門十哲のひとり丈草の自然石墓を囲むように17名の俳人が眠る竜ケ岡俳人墓地（大津市）

琵琶湖西岸高島市の蕎麦畑（写真いずれも：辻村耕司）

2 蕪村のフェイバリットと俳諧

芭蕉のフェイバリットとして近江の食べ物を挙げてきたが、同じことを蕪村でも挙げてみようというのがこの節の骨子である。しかし、蕪村が食べ物に関するエピキュリアンであり、酒についても上戸であることは多くの人がすでに指摘している。単にそれだけの芭蕉との比較は興味深いけれどもおもしろくない。

私は蕪村の全発句を調べるときはいつも藤田真一・清登典子編『蕪村全発句』を使っている（注11）。頭注や評釈がひじょうにすぐれたものである。さすが現在の蕪村研究の第一人者の編である。この書は蕪村の作品を春夏秋冬に分けそれを伝統的な季題順に分けた上で同一季題では製作年代の順にしたがって配列している。するとこの蕪村全句集は作品の配列によってすでに蕪村の句の特徴というかある傾向性を示していて興味深い。

植物や動物好きな自然詩人

蕪村の句はほとんど題詠句だと考えて差し支えないけれども、気に入ったある季題なり題詠の場合は相当数短い期間に詠んでいる傾向がある。

たとえば有名な「牡丹散りて打かさなりぬ二三片」と詠まれた牡丹は26句もの牡丹の句が明和6年（1769）や安永6年（1777）に集中して詠まれている。

蕪村の出郷の理由は不明だけれども彼が育った大坂・毛馬は当時は菜の花畑が一面に広がっ

ていた。こうした光景は彼が京の下町に住むようになってからも京都の南部から巨椋池あたりまで同じような光景であった。

ときどき出かけただろう近江の湖東の湿地帯も同じような油を採るための菜の花が水田の二毛作として一面の黄色の世界を展開していたはずである。

近江の湖東の風景を詠んだ「菜の花やみな出はらいし矢走舟」などにみるように蕪村はまた菜の花を14句も詠んでいる。蕪村は植物や動物の好きな自然詩人であることはまちがいない。

農家の庭先や畑の隅で咲く菊も好きだったようで30句もの菊を詠んだ句がある。

秋の紅葉もよく詠まれていて23句ある。台風シーズンの強風も含むのであろう「野分」なども26句の多さである。

「時雨」はさすがに俳諧の世界の中心的なテーマであり蕪村も55句詠んでいる。「初時雨」まで入れると60句になる。蕪村は詠みたい季語や詠みたい対象が明確にあることはこれではっきりする。

藤田・清登の『蕪村全句集』では蕪村の発句は2871句が収録されているが、その約半分の句には動物か植物が現れる(注12)。

蕪村を評するに岡田利兵衛は「芭蕉の沈潜に対し、蕪村は開放であった(注13)」といい、雲英末雄は「芭蕉の孤高と蕪村の自在」と評したが(注14)、両者とも基本的には同じである。

蕪村は京周辺の鄙を歩きまわるが、自然豊かな鄙が好きであった。都でありながら山紫水明

菜の花やみな出はらいし矢走舟　蕪村

採蓴《さいじゅん》をうたふ彦根の傖夫哉　蕪村

【栄久堂板】近江八景之内　矢橋帰帆　歌川広重（大津市歴史博物館蔵）

八幡山より西ノ湖を望む

秀吉に自害させられた秀次が５年間居城したのは八幡山城である。八幡山から円山へ抜ける尾根上から、西の湖、安土山そして信長に滅ぼされる六角氏の観音寺城のあった繖《きぬがさ》山系を望んだ風景。ここは大中ノ湖や伊庭内湖、小中ノ湖、安土内湖など広大な内湖があったが現在は写真にみるように西の湖だけになった。安土城も石田三成の居城・佐和山城もみな内湖に接した山上にあった水城である。蕪村の句は佐和山城後に作られた彦根城のまわりにあった松原内湖の風景を詠んだものであろう。ジュンサイはこうした内湖に生える。内湖の周辺はヨシ地を埋め立て水田が作られ、当時は二毛作なので稲の前には菜の花が作られた。蕪村の菜の花の句は、やはり広大な内湖や湿地があった草津の矢走港の周辺を詠んだ光景だろう。（写真：金尾滋史）

の京の自然も好きであった。この蕪村の自然偏愛も蕪村の自在のうちのひとつであり、この自在性は何も自然だけではなく京という都市にもまた食べ物にも向かう。さらに鎖国の日本にありながら異国にまで向かう自在さである。

芭蕉のフェイバリットとしての近江の食べ物を挙げたので、蕪村の句に現れる蕪村のフェイバリットを挙げないわけにはいかない。

藤田・清登の『蕪村全句集』には２８７１句が収録されているが、句の中に食べ物が含まれている句は全部で２７７句ある。この中に季語となっている食べ物と季語としては数えられない食べ物の種類が87種類ある。蕪村の食べ物の句に何らかの傾向があるかどうかはまず列記してみるしかない。詠まれた食べ物の句数が多い順に並べてみよう。括弧内の数字は詠まれた句数を示す。好きなものは多く詠み、季節の旬の食べ物を食べるなどのことが、こうした野暮ったい数字の列記で一目瞭然である。

豊かな実りの田園の奥に造り酒屋・藤居本家の蔵が連なる。（写真：辻村耕司）

【蕪村の食べ物の句】

ご飯と菜

鮓（20）、蓼・穂蓼（13）、飯・ひやめし（13）、蕎麦・新蕎麦（10）、蕃椒・青蕃椒（9）、笋（8）、薬喰（8）、葱（6）、青梅（6）、餅・草餅・粽（5）、茸（5）、韮（5）、芋（4）、芹（4）、蓴（3）、

以下2句のもの

菜、七草、苣、小豆、蕗の薹・蕗、わらび、栗、とろろ汁、

以下1句のもの

海苔、大根、雑煮、薺、膾、五加木、三日菜、麦飯、餉、粥、味噌汁、昼餉、茄子、ゆふがお、むかご、唐きび、黍、稗、栗飯、新豆腐、豆腐、赤蕪、大根、粥、納豆汁、蕎麦湯、玉子酒、韮の羹

計163句

魚介類など

鰒・鰒汁（24）、乾鮭（14）、若鮎・鮎（7）、鯨（7）、田螺（6）

以下2句のもの

蜆・むき蜆、若和布、初鰹、江鮭、沙魚、鰍、

以下1句のもの

塩魚、海苔、鱠、干魚、刺鯖、鱸、鮭、鰯、魚、海鼠、鱈の棒

計81句

果樹その他

真桑瓜（11）、葛水（6）、甘酒（4）

以下2句のもの

水の粉、心太

以下1句のもの

茶、まるめろ、御所柿、冷汁、林檎、西瓜、ぶどう、椎

計33句

総計87種類277句

（括弧内の数字は詠まれた句数）

雁啼や舟に魚焼琵琶湖上　蕪村

沖島の船着き場

巨大な淡水湖である琵琶湖には沖島という有人島がある。ここは琵琶湖漁業の有力な拠点であり、多くの漁民が住んでいる。この島の老漁師にニゴロブナの小糸網漁に連れていってもらった。早春、湖上からみる近江や比良山系の姿は春風駘蕩とした気分である。蕪村の句は晩秋から取れ始めるホンモロコ漁ではないかと思う。蕪村にかかると晩秋ではあっても春風駘蕩な雰囲気が漂う。

比良ばかり雪をのせたり初諸子　飴山實

小路から諸子焼くかや春の雨　木導

諸子釣り琵琶湖狭しと並びたり　虚子

ホンモロコも琵琶湖の固有種である。淡水魚のなかでもっとも美味ではないかと言われる。シーズンは冬から春にかけてである。ニゴロブナのノッコミと同じように冬から春にかけて産卵のため湖岸にやってくる。現在は東近江の大同川に多くの釣り人が集まってくる。昔は大津の湖岸でも釣り人が並んで糸を垂れているほど多く生息していた。炭火でホンモロコを軽く素焼きにして酢味噌で食べるのが普通である。薫《かざ》に敏感であった彦根蕉門の木導の句は城下小路にこの焼き魚の薫が漂ってくるようだ。

（写真いずれも：金尾滋史）

相当なエピキュリアンといえる蕪村

芭蕉の場合は近江の食べ物を好んだことが、芭蕉の「鄙好き」の根拠になった。蕪村のフェイバリットには何か特別な傾向があるのであろうか。食べ物で詠まれた句数の比較で言えば、第1位は鰒（河豚）で24句、2番目が鮨で20句である。鮨もほとんどが鮒鮨の可能性が高いとなれば、この河豚と鮒鮨だけでまず蕪村が相当のエピキュリアンであるといえる。

現在でもこの二つは和食としては高級料理に入るだろうし、これらを食べさせる店は都会にしかない。しかも、この二つを酒なしで食べるなど酒飲みの私には考えられぬことなので、蕪村はこれを肴に飲んだ上戸の人であったことはまちがいない。

蕪村は若い頃、下総結城にいたことがあるのでおそらく鮟鱇料理を食べたことがあるにちがいない。食べ物の東西比較は現在でも人びとの話題にのぼることがある。

蕪村の「雪の河豚鮟鱇の上にた丶んとす」の句を見ると、これは連衆の集まりなどで東西の食べ物比較で盛り上がったとき「やはり西の河豚のほうが東の鮟鱇より美味い」と蕪村が裁定したにちがいないと私などは思ってしまう。

「西海に鮭なし東海に真魚鰹なし」という俚諺は有名だけれどもこれは素材の東西における存否をいっているので料理の違いというより自然のありようの相違である。ともかくこの食べ物をはじめとして文化の東西の違いというのはおもしろい。

「西のおでん」と「東のおでん」の相違とか「西のいなり寿司（三角形型）」と「東のいなり寿司（俵

型)」などその発生過程や歴史は知らなくともおもしろい。

ネコの尻尾に西はカギ尻尾が多く、東はまっすぐな尻尾が多いと飼い猫まで違うそうだ(注15)。こんな東西文化比較は蕪村あたりに淵源があるのかもしれないとこの句をみて思った。

擬人法を駆使した蕪村

ともかく河豚の句は多いのであるが、私は河豚の句では「鰒の面世上の人をにらむ哉」がおもしろいと思っている。これは蕪村の句の特徴でもある擬人法を使った表現であり、彼の自在な精神の表出でもある。蕪村の擬人法を駆使した句は狐狸妖怪の句によくみられる。

日本の霊長類学(通称サル学)は世界に冠たるものであるが、この擬人法は霊長類学の方法論のなかに流れこんでいる。擬人法の構造は、「ある△△を○○に見立てる」ということであるが、ある△△は動物でも植物でもよくて場合によっては器物(古びた傘とか道具)や季節あるいは京のような空間でもかまわない。また「○○」は人の場合は擬人法だけれども、動物でもかまわないし妖怪や想像上動物でもいい。

蕪村の「河童《かわたろう》の恋する宿や夏の月」の河童は私はカワタロウあるいはカッパ(泳ぎの得意な)と渾名された少年が宿屋の娘に惚れたと解釈している。この場合「ある△△」は人間であり、「○○」は河童である。つまり人間を河童に見立てての句であり、渾名とはこうしたものではないか。猿とかモヤシなどの渾名は同じことである。これは擬動物法とか擬植物法と言ってもいい生き物凝視の方法である(注16)。この擬人法の拡大は単に日本の霊長類学の問題ばかりか日本人の自然観や生命観に関わる重要な問題である。ニホンザルも人もあるいは河童や植物にいたるまで生きとし生けるものはみな対等であるとみる生き物中心主義の感覚は蕪村あたりにはっきりと自覚化されたのではないかと睨んでいる。

俳諧における擬人法では秋とか春のような季節や時間まで擬人化してしまう。芭蕉の句に「行秋のけしにせまりてかくれけり」がある。これは押し迫った秋が小さな芥子の実のなかに隠れるように過ぎてゆくと解されていて、芥子粒に隠れるのは秋なのである。

時間や季節さえ擬人化の対象となるということはどういうことなのか。あまりこの話を続けるのは話の筋から逸れてしまうのでこれ以上は言及しないが、いつか鳥獣戯画と蕪村の狐狸妖怪句と霊長類学にみられる擬人法について考えてみたい。日本文化に通底する心性がみえてくるかもしれない。

蕪村の河豚の句のひとつに「海のなき京おそろしやふくと汁」という京を詠んだ句がある。当時はまだテッサとかテッチリなどの料理はなく味噌仕立ての鍋であったようだが、命がけで食べることには変わりない。食い意地の張った蕪村の大袈裟の表現とみる見方もあろうが、「海なき京」とわざわざ畏れる対象を「京」と表現したのは何故だろうか。

これも上述の擬人法の一種で「京」をあたかも生き物のように人と見立てたと考えることもできる。これなども京を地理的に区画された洛中と捉えるのではなく、洛中の人びとのもつ京文化と考えれば、なるほどと思うのである。京文化あるいは京都人は河豚ほどにおそろしいものだと言えば納得できる人は多いだろう。

有名になった『京嫌い』であるが、京嫌いはおそらく今に始まったことではない（注17）。しかし、そうはいいつつも蕪村は京が好きであったというのが私の主張である。その最大の根拠は蕪村が「京」と詠んだ28句と「冬ごもり」と詠んだ26句の中にある。話をそこにもってい く前に、蕪村の食べ物を詠んだ句全般についてみておきたい。

ふなずしに執着した蕪村

蕪村の句に現れた多彩な食べ物は四季折々86種類におよび句数は277句になる。鮓の句が食べ物のなかで2番目の多さだというのは、大きな特徴である。このうち明らかに鮒鮨だと思われるものは13句に及ぶので蕪村が鮒鮨に相当執心していたことはまちがいない。

当時の鮒鮓は夏に桶を開けて食べるものであったので現在とは異なるが、贅沢な食べ物であったことはまちがいない（注18）。

「鮒ずしや彦根の城に雲かゝる」は有名だけれども、「なれ過ぎた鮓をあるじの遺恨かな」とか「鮒桶をこれへと樹下に床几哉」の2句をみると蕪村は鮒ずし作りにも相当詳しいことがわかる。

鮒ずしを漬けるのは甕や壺ではなく、また樽ではなく桶を使う。鮒ずしが漬ける家によって出来不出来や味に大きな違いがあることを知っているのは好きでなくては分からないことである。

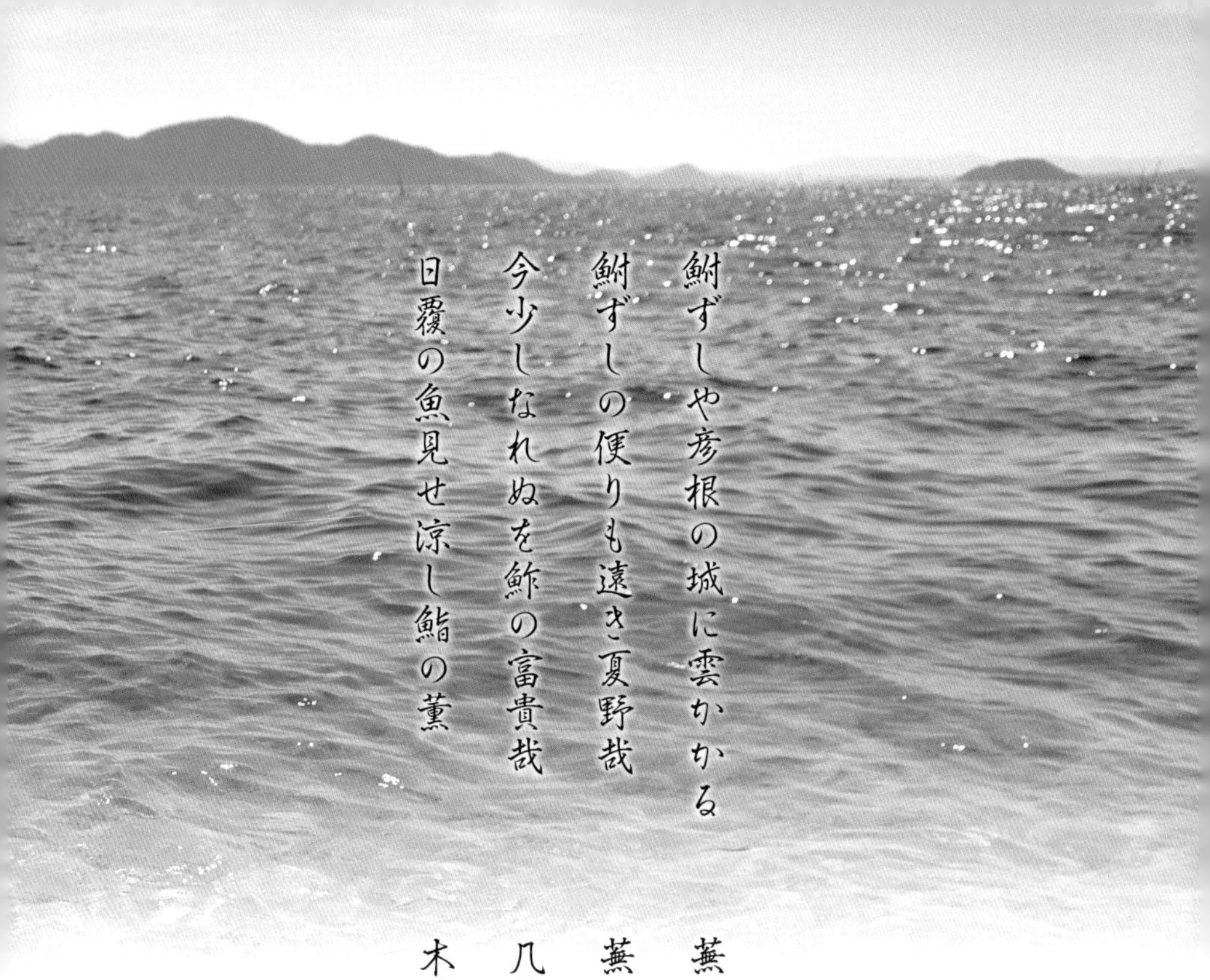

鮒ずしや彦根の城に雲かかる　蕪村

鮒ずしの便りも遠き夏野哉　蕪村

今少しなれぬを鮓の富貴哉　几董

日覆の魚見せ涼し鮨の薫　木導

野洲市下新川神社の「すし切り」神事は毎年5月5日に開催され、神事の主役は「ふなずし」。湖賊平定に向かう皇子が休憩した時、村人がふなの塩漬けを焼いて献上したところ大変喜ばれたという故事が起源とされる。（写真：辻村耕司）

これぞ私が東洋のカマンベールとして推奨する発酵食品の絶品鮒鮓である。これほど芸術的な姿になったのは近代になってからだと思われる。弥生時代に東南アジアから中国経由で入ってきたナレズシの発酵技術も日本の中でどんどん進化し洗練された姿が今日の鮒鮓である。エピキュリアン蕪村の鮒鮓の句はあまりにも有名である。几董の句は家々によって鮒鮨の作り方から味が微妙に異なることを気づかせてくれる。木導は彦根藩の武士、この人の句はものの「薫」に敏感であるという特徴があるが、17世紀後半彦根では魚屋さんに鮒鮨をすでに売っていたこと示していて興味深い。

ニゴロブナ

琵琶湖にはフナの仲間が３種棲む。ゲンゴロウブナとニゴロブナそしてマブナであるが、前２種は琵琶湖の固有種である。ゲンゴロウブナは寒鮒の煮つけ料理に、ニゴロブナは４月から６月初旬に漁獲されたものを鮒鮓にする。政重の句は、近世では琵琶湖の寒鮒は天秤棒で担がれ逢坂山と日ノ岡峠を越えて京へ売られたことがわかる。涼舟の句は梅雨が明けたらニゴロブナは捕れなくなることをいうがこれは漁師としての実感であろう。（写真：金尾滋史）

初鮒や日の岡こゆる桶の水　政重

梅ほどの寒み持ちけり鮒なます　蒼虬

堅田鮒雨の上りて日に少な　涼舟

86種類の食べ物すべて蕪村が味わったと断定できれば、芭蕉との比較は簡単な話である。蕪村の句は嘱目吟とか吟行のなかで吐かれた句であれば彼が味わった可能性はより高くなる。しかし、蕪村研究の藤田真一はその点について「じつは、吟行とか眼前の詠というのは、蕪村の句作の状態ではなかった。あらかじめ与えられた宿題(兼題)があって、事前に句案を練っておき、句会でそれを披露する、というのが夜半亭句会の常であった」と述べている。

蕪村の句のほとんどは嘱目吟とか実景吟ではないことは明らかであるが、同じ藤田真一が先の文章の続きに「これが蕪村の「実景」という意味なのだ。ただいまの実地見聞をいうのではない。体験や実感などひっくるめて、経験の総体をいっているらしい」と蕪村の句作創造の源泉が自然や食べ物あるいは景観や人事についての「経験の総体」にあると指摘している(注19)。

天性の自然観察力をもつ蕪村

私は蕪村の自然の仕組みを見抜く洞察力、鋭い観察力は並のものではないと思っている。たとえば冬の原野を詠んだ「茨老すゝき痩萩おぼつかな」という句はノイバラとススキとハギ(ヤマハギだろう)が原野という環境に同所的に存在していて3種が生態学的関係性をもっていること見抜いている。

あるいは「山吹のうの花の後や花いばら」では、一重の野生のヤマブキの花が咲き、次にウノハナが咲いていて、最後に川辺に多いノイバラの白い花が咲くという小さな季節の移り変わりを一句一季語無視で詠んでいる。

山野におけるさまざまな花の開花の時間的変遷を詠むなどよほどの自然観察力のある人でなければ詠めない。蕪村は天性の自然主義者であり、ある意味では天性の自然観察力をもった人であろう。したがって、ここに詠まれた食べ物も彼の「経験の総体」に含まれるもので、食べた経験があるに等しいと思ってもいいだろう。

もっとも前書に「几董と鳴滝に遊ぶ」とある「茸狩りや頭を挙れば峰の月」のように嵐山に実際に茸狩りに行ったことを示す句もあるので吟行や嘱目吟も皆無ではない。蕪村は山菜好きであったと思われるが、「折もてるわらび凋れて暮遅し」という句など実際にワラビ採りをしたことのある人でないと味わえない感覚なので私は蕪村はときどき山菜採りをしていたと思う。

蕪村の句に出現した87種類の食べ物を通覧してみるとまず四季を通じて山菜をよく詠んでいることに気づく。春では、七草、芹、蕗の薹、蓴《ぬなわ》、薺、わらび、笋《たこうな》、五加木《うこぎ》を詠んでいる。芹では「古道にけふはみて置く根芹哉」と詠む。京の下町に住む蕪村が少し足を伸ばして桂川周辺や現在の京都駅の南側まで来れば湿地帯が広がっていたはずである。そこでみつけた芹は食べるにはまだ少し早いのでここはいつか採りに来ようと思ったという句意にちがいない。私などはこの句に「わび」「さび」「ほそみ」「しおり」「かるみ」などといった俳意を感ずることはできず、ただ庶民のささやかな季節感を味わう喜びを詠ったものと思うのである。

蓴の句は、彦根城がまだ松原内湖のなかに浮かんでいたであろう風景のなかで農家の人が田

郵　便　は　が　き

お手数ながら切手をお貼り下さい

５２２-０００４

滋賀県彦根市鳥居本町 655-1

サンライズ出版 行

〒

■ご住所

■お名前《ふりがな》　■年齢　　歳　男・女

■お電話　■ご職業

■自費出版資料を　希望する ・ 希望しない

■図書目録の送付を　希望する ・ 希望しない

サンライズ出版では、お客様のご了解を得た上で、ご記入いただいた個人情報を、今後の出版企画の参考にさせていただくとともに、愛読者名簿に登録させていただいております。名簿は、当社の刊行物、企画、催しなどのご案内のために利用し、その他の目的では一切利用いたしません（上記業務の一部を外部に委託する場合があります）。

【個人情報の取り扱いおよび開示等に関するお問い合わせ先】
サンライズ出版 編集部　TEL.0749-22-0627

■愛読者名簿に登録してよろしいですか。　□はい　□いいえ

ご記入がないものは「いいえ」として扱わせていただきます

愛読者カード

ご購読ありがとうございました。今後の出版企画の参考にさせていただきますので、ぜひご意見をお聞かせください。なお、お答えいただきましたデータは出版企画の資料以外には使用いたしません。

●書名

●お買い求めの書店名（所在地）

●本書をお求めになった動機に○印をお付けください。

1．書店でみて　2．広告をみて（新聞・雑誌名　　　　）

3．書評をみて（新聞・雑誌名　　　　）

4．新刊案内をみて　5．当社ホームページをみて

6．その他（　　　　）

●本書についてのご意見・ご感想

購入申込書　小社へ直接ご注文の際ご利用ください。お買上 2,000 円以上は送料無料です。

書名　（　　冊）

書名　（　　冊）

書名　（　　冊）

蓴菜をうたふ彦根の傖夫哉　蕪村

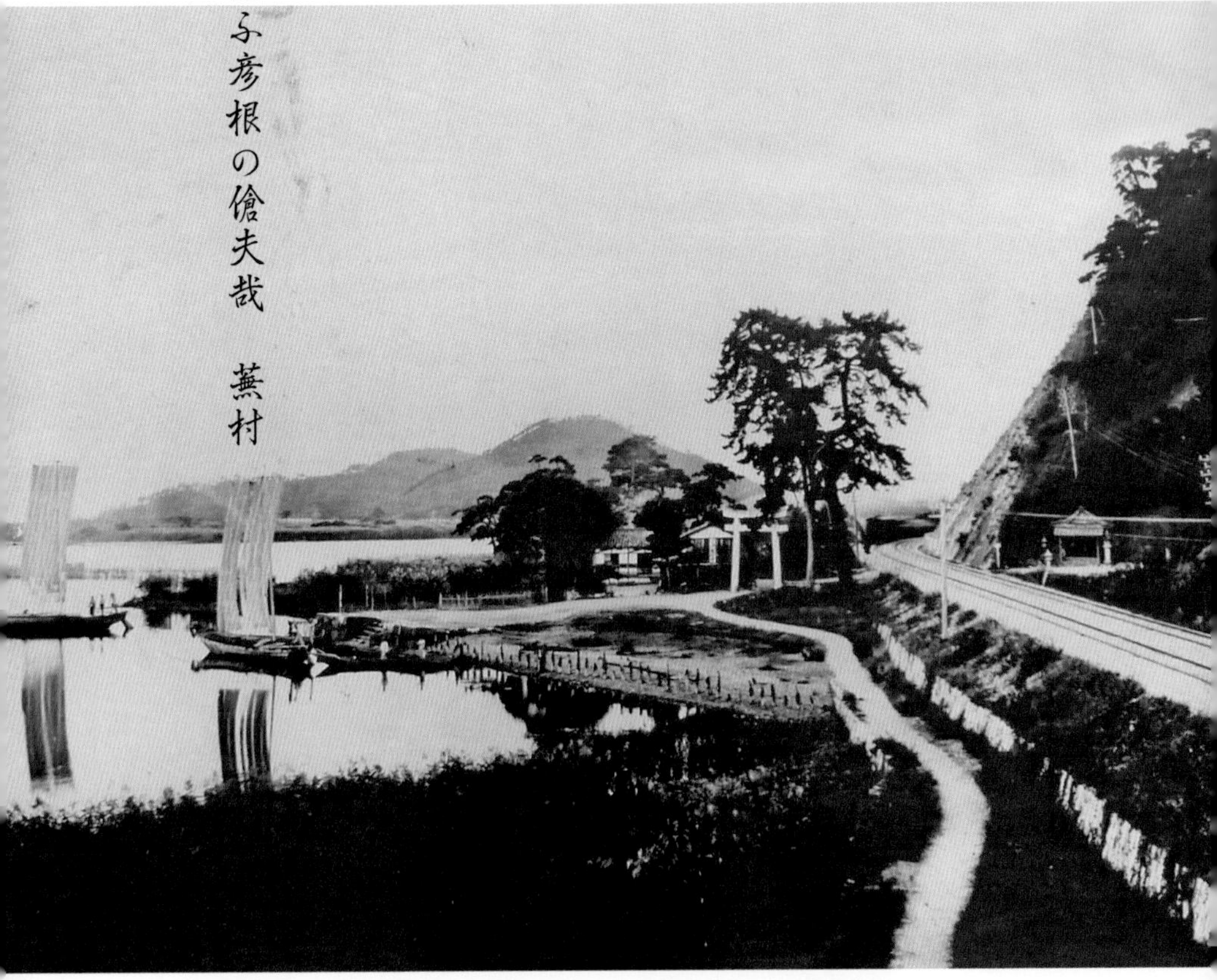

安土城も石田三成の居城・佐和山城もみな内湖に接した小さな山の上にあった水城である。蕪村の句は佐和山城後に作られた彦根城のまわりにあった松原内湖の風景を詠んだものであろう。ジュンサイはこうした内湖に多い。大正時代初頭（彦根市立図書館蔵）

舟でジュンサイを採っている時の光景を詠んだものである。

それは「採蓴を調ふ彦根の傖夫哉」というものだけれども、おそらくこのジュンサイは農夫の晩酌の肴になるので自ずから鼻歌もでようというものだ。これはやはり蕪村が農夫に仮託してその喜びを詠ったものにちがいない。

蕪村にはオモダカ、コウホネ、ジュンサイ、マコモを詠った句があるが、こんな水生植物は普通の人はわからないはずである。本当に自然についてよく知っていると感心する。オモダカは吹田クワイ（注20）という栽培種もあるし、マコモも琵琶湖の内湖ではマコモ菌のついた食用になるものをあったのでヒョッとして蕪村は知っていたのではないか。


夏の山菜としては、蕗の広葉、蓼、笋、ぬなわ、葛、穂蓼を詠み、秋では茸が挙げられる。注目すべきは蓼（穂蓼）であるが、これはタデ科植物のなかで唯一辛味のあるヤナギタデのことで近江では野生のものを採ってきて畑に植えておき利用する。

近江富士の麓の三上神社の祭りではタデ飯を作るけれども、このときのタデはこの半栽培のものを使う。他にもこのタデは焼いた鮎を食べるときの蓼酢に必須のもので、蕪村は借家の小さな庭に植えたのかもしれない。

蕪村は「一鍬の蓼移しけり雨ながら」と詠み、「鮎くれてよらで過行夜半の門」と釣った鮎をソッと家の入り口に置いていく友人の配慮に感謝しながら鮎の食べ方まで用意している。蕪村とその友人の関係のありかたや態度に都市的なものを感じるのであるが、蕪村の食べ物に対する執心は相当なものである。

五加木を詠んだ句は「君がために手自摘し五加木かな」なのだが、自ら摘んだと詠んでいるので蕪村ははっきり同定できるのであろう。同定できないものを詠むとは思えない。

私も若いころから山野を歩くのは趣味であったが、京都周辺の山の雑木林のなかにウコギはそれほどポピュラーなものでない。図鑑で調べてみると中国原産の渡来植物のヒメウコギが山野に逸出したものかもしれないと知った。上杉鷹山は城下の家来の屋敷の生け垣にウコギを植栽させて飢饉の備えにしたということは有名で米沢の町の武家屋敷の生け垣は今でもウコギをみることができるそうだ。ウコギの葉はカテ飯の増量材として使った。


山菜採りの習俗が都鄙のいずれが先かなどということをここで言うつもりはない。若菜摘みは都でも古くからあっただろうし、鄙のほうでは救荒食を含めて生活上必要な山菜採りも古くからあったと思われる。しかし、蕪村の句はどちらかといえば都市に住むものの贅沢や遊びを感じる。蕪村のエピキュリアンのエピキュリアンたる理由のひとつに山菜を食べることを加えてもいいのではないか。

先に挙げた食べ物として句数の多い鰒や鮒鮨は贅沢なものであることは論をまたない。総じて食べ物に関しては都市的な匂いが強いと結論しておこう。

魞小屋の鮒鮓の桶並べたる　涼舟

キンクロハジロ

琵琶湖博物館からみた魞《えり》。おそらく東南アジアの大河川の雨季だけ浸水する氾濫原などでの漁法に起原するのであろう。農間漁業の典型的な「待ち漁法」でニゴロブナ他さまざまな琵琶湖の魚種を捕獲していた。石山寺縁起に石山寺近くの瀬田川でみられる杭列で魚を誘導しておそらく集まった魚を掬い網（たも網）を捕る漁法は魞の原型的なものかもしれない。しかし、この漁法では稚アユは捕れないのではないかと思う。

さすがに魞を詠った句は少ない。数少ない魞の字の入ったものを挙げたが、作者の涼舟は大正時代に活躍した高島の漁師さんだった。彼は鮒ずしをはじめ漁生活を詠んだすぐれた句作を発表している。

（写真いずれも：金尾滋史）

限りなき文化的空間を好んだ、京好きな蕪村

私が蕪村は京にとっては「よそ者」だけれども「京好き」の俳人だという最大の根拠は彼の「京」を詠んだ26句と「冬ごもり」の26句にある。

俳人のなかで自分の住む町や村を詠んだ人はあまりいないのではなかろうか。

一茶は弟との相続争いでやっと雪深い柏原の家を手に入れ終の棲家とするが、雪深い柏原を呪いこそすれ自慢の村として詠んではいない。それでも愛着をもっていたことは彼の句からも理解できるのであるが。

近世の多くの俳人を調べたわけではないが、其角の江戸を例外として京や江戸や浪速あるいは我が住む里を謳歌するなり自慢する句ということはあまりないのではないか。その点でいうと蕪村の京（都）を詠む26句は特別であろう。

この場合の京は句の中に「京」あるいは「都」が入っているものであるが、その区域はいわゆる洛中である。詞書に地名が入っていたり、句中の言葉で場所が分かったりするのであるが、蕪村には洛中・洛外で詠んだ句が２６８句ある。そのうち洛外（嵯峨、比叡、北野、愛宕、宇治、鳥羽、嵐山、鞍馬、銀閣寺など）で詠んだり洛外の寺社などを詠んだ句が１８２句ある。その残りの86句のうちで26句が句中に「京」ないしは「都」の言葉が入る句である。そして「京」は彼にとっては限りない愛着をもった文化的空間であったと思われる。

この文化的空間では自然・歴史・民俗が相互に融解しあって独特の風土を創りあげていた。柔和で適度に開発された自然とノスタルジックな王朝文化の余韻、そして庶民の活気ある町衆

文化は蕪村の芸術的感性や知性を刺激した。

万歳や踏みかためたる京の土
なにわ女や京を寒がる御忌詣
秋の暮京をでて行人見ゆる

などの句は如何にも蕪村が京の根生いの詩人かのような錯覚を覚えさせる。なにわ女は京を寒がるが、その京に「水仙や寒き都のこゝかしこ」、「御火たきや霜うつくしき京の町」、「すゞしさや都を竪にながれ川」などと都市の自然に限りなき愛着を感じているのである。

現在でも大阪の人が京都を訪れると「京都はさむいわね」と寒がる話はよく聞く。ともかく、どうやら芭蕉は京を嫌ったらしいけれども蕪村は「そばあしき京をかくして穂麦哉」と京の欠点さえ逆に擁護している。蕪村の京の句には、蕪村が「京の人」であって「京の人」ではない、また「よそ者」であって「よそ者」ではない独特の雰囲気を感じる。

「花に暮ぬ我住む京に帰去来」、「石高な都よ花のもどり道」、「遅き日や都の春をでてもどる」「春の暮我住む京に帰らめや」などの句はどう鑑賞してみても蕪村が京の根生いの詩人のようにみえてくる。

こんな句を吐くのだから陶淵明のごとく「いざ帰りなん」と向かう先は生まれ故郷・毛馬でなければならないと思うのだが、そこは市隠の京下町なのである。

蕪村は陶淵明の詩を言葉通りに受け取らず結構醒めた眼で鑑賞しているのはさすがである。

蕪村の句に「蠅いとふ身を古郷に昼寝哉」がある。

藤田真一・清登典子の『蕪村全句集』の頭注に「都会の蠅を厭うて故郷に帰って悠々閑居、ところが豈計らんや、昼寝する枕にも蠅がつきまとうとは。官吏の俗物を倦んで隠栖した陶淵明に憧れたものの、田園にも小俗のあることを皮肉ったか（注21）」とある。

蕪村が鄙暮らしに対して客観的にみていて望郷は簡単に帰郷につながらないと醒めた感覚なのである。

蕪村の住んだところは「四条烏丸東へ入ル町」であったが、後に移って「仏光寺烏丸西へ入ル町」に変わる。現在の京都の殷賑を極める四条烏丸の交差点の近くである。後者の小路の入り口には蕪村の住居址の碑が建っている。

ここは京の下京にあたり西から新町通や室町通、大きな烏丸通を挟んで東洞院通には多くの工人職人や商人が住んだところである。蕪村は画描きを生業とするそれほど裕福とは思われない一種の職人である。京の当初の都市計画である条坊制の条と坊に囲まれた区画のなかのさらに小さな通りの一角である。ところによっては袋小路になっているところもある。条と坊に面する町家が構成する京のたたずまいというのが蕪村が描いた京のイメージであろう。

こうした場で生活を送ることには何ら違和感がない。後世のものが籠もり居の詩人だというけれど別に隠れ潜んでいたわけではないし、隠者のような生活を送っていたわけでもない。蕪村自身が「桃源の路次の細さよ冬ごもり」とこの路地裏の小居を桃源郷とみなしていたのである。

京には多くの神社仏閣があり、そうしたところが必要な仏壇・仏具あるいは蝋燭や扇子といったさまざまな工芸品を作る職人や工人がいた。商業も盛んで呉服やお菓子といった消費都市にふさわしい衣食住の贅沢品を作る職人も多くいた。こうした職人や工人あるいは商人は京周辺のいわゆる近国から多くの人がやってきて京の下町に住んだ。とうぜん始めは丁稚としての修行や行儀見習いとして奉公人あるいは内弟子として住み込み、職人や工人は修業し一人前になれば下町の小路に家を借りて住んだ。京は華やかな消費都市として千年近く続くが、こうした消費都市を下支えしたのは京周辺の近国である近江や丹波であった。

近江と美濃・伊勢を隔てる鈴鹿山脈の最北の位置に霊仙山という山があり、その麓に上丹生という集落がある。この集落に入り口には醒ヶ井養鱒場がある。醒ヶ井の東は関ヶ原、西は米原で近世の中山道が通っていたところである。このあたりの中山道を歩く人は北に伊吹山をみて街道を通ったはずである。

この上丹生は集落のほとんどの人が長浜の通称・浜壇と呼ばれるブランドの仏壇を手がけている工芸の村である。十九世紀のはじめに上丹生の上田勇助が14歳で京都の下京の仏壇屋に修行に入り14年後、村に戻って仏壇の彫刻技術をもたらした。その後、村では仏壇作りに必要な

瀬田降りて志賀の夕日や江鮒

蕪村

夕暮れ後、からすま半島から比叡山を望む

琵琶湖の東岸から湖面を挟んで屏風のように立ち上がる比叡山系から比良山系。その山並みに沈む夕日は限りなく懐かしい。近江湖東の人びとはあの紅蓮の夕日の山の向こうが京の都だと思って眺めていたにちがいない。近江という地が、京の都に対比されるべく典型的な里の鄙なのだと思わせるのはこの景色である。蕪村の句は近江や京の特有の片時雨を表現している。蕪村は夕日をみながら「我住む京に帰らん」と思ったにちがいない。（写真：金尾滋史）

木地師や漆塗りの漆師屋《ぬしや》や錺金具師などの職人が輩出し、伝統工芸の村に成長していく。

京の文化が近国に伝えられていくおもしろい例であるが、蕪村の住んだ下町というのは上田勇助のような職人が多く住んだところであり、蕪村が特別の存在ではなく、京の下町というのはそんなところであったにちがいない。

近国の町や村あるいはそこに住む人びとが今でも京の下町と深い関係をもっている例は多い。蕪村が「よそ者」でありながら、決して京の人からも京という都市からも疎外されないのは、京という都市のそうした性質の故かもしれない。

京に住み、京を好んだ自在の詩人蕪村が住んだ下京の家とはどんなところであったのか。それは彼自身が「冬ごもり」として26句も詠んでいるので暮らしぶりさえわかる。この場こそが彼の創造力の源泉であったところである。

彼はこの住居を「桃源の路次の細さよ冬ごもり」と詠んだ。この一句によって彼が冬ごもりしたのは貧居ではあるが居心地のいい住まいであったことがわかる。それは「苦にならぬ借銭負ふて冬籠」であったり「売喰の調度のこりて冬ごもり」という貧乏暮らしではあるが、苦にはならない程度のものなのである。そして底冷えのする京の路次の家では「鍋敷に山家集有冬ごもり」のように書物など読みながら「学問は尻からぬけるほたる哉」などと洒脱な句を吐いているのである。

路次の家はまさに桃源郷であったのであろう。彼が酒に関しては上戸であり季節の食べ物には目がないとなれば、当然のことながら時々は家で晩酌を楽しんだであろう。妻子の留守の折、ひとりで酒の燗などつけて面倒くさいなと「ひとり行徳利もがもな冬籠」とユーモラスな句も作っている。この人の句を鑑賞して思うのであるが、どんな句も凄絶性とか孤高性はないし、ましてや貧困とか生活苦のようなものは感じない。京に住むことを楽しみ、多少貧乏ながらも生活を楽しんでいるとしか思えない。

蕪村が食べ物に関しては相当なエピキュリアンであることはしばしば言及してきた。この冬ごもりのなかでもそれは発揮されていて彼はときどき「ふくと汁（河豚の味噌炊き）」を楽しんでいたようなのだ。そうでなければ26句もの鰒の句を吐くわけがない。

蕪村の家か友人の家か「鰒汁の宿赤ゝと燈しけり」とか、訪ねてきて門を敲くのにジッとしてよと「音なせそたゝくは僧よふくと汁」などの句の実に美味そうなことよ。隠れて喰うのは薬食いも同じで「薬喰隣の亭主箸持参」や「客僧の狸寝入やくすり喰」とユーモラスなものである。

この薬喰はイノシシなのかタヌキなのかわからないが、蕪村には8句も薬喰の句がある。この節の目的は、蕪村の食べ物を詠んだ句を芭蕉と比較してみることである。しかし、これは説明するまでもないであろう。蕪村はそこそこ貧乏なのであるが、京の下町に住み生活を楽しんだ。そのことは彼が「京」という都市を詠んだ句の中にはっきりと「京好き」が表現されている。その「京好き」を支えていたのは京の下町の路次の小家での生活であった。洛外にでていた時、京に帰るのはこの路次の小家であり、ここここそが彼の桃源郷であった。

ニゴロブナは湖岸の田ならしからでる川の濁り水を感じて川を遡上する。

ノッコミ（産卵時期に岸辺に寄る）に湖岸のヨシ帯に集まり産卵するニゴロブナ。

早春、田起しによって濁り水が川に入ると、それを察知したニゴロブナが河口に集まり川を遡る。そして小さな水路に入り湖岸の水田に産卵のため入ってくる。このニゴロブナの動きを句で構成してみた。

濁り鮒腹中卵ばかりなり　王樹
温き水慕ひ上りぬ濁り鮒　源女
鮒上る川の濁りや五月雨　涼舟
苗代にうれしき鮒を行衛哉　蕪村
五月雨や田で網打つ濁り鮒　酔牛
堅田鮒雨の上りて日に少な　涼舟
五六貫底値を買いぬ濁り鮒　涼舟
魞小屋に鮒鮓の桶並べたる　涼舟
今少しなれぬを鮓の富貴哉　几董

それを土用の暑いころ飯に漬ける(100日)と鮒鮨ができる。

獲ったニゴロブナは腸を口から「壺抜き」して100日ほど塩着けする(塩切)。

(写真いずれも:金尾滋史)

3 都鄙と俳諧・俳句

芭蕉の俳諧を育んだのは京や江戸や浪速の三都といわれるような文化的環境ではなく、芭蕉が育った近世初期の伊賀上野のような西日本の鄙の文化的環境ではないのか。

芭蕉は「野ざらし紀行」以降約10年は旅に明け暮れるが、芭蕉の俳諧が新しい創造的な文学として華開くのはこの時期であり、鄙にそうした新たな風雅の道を見いだしえたのは鄙の暮らしや生業を間近にみることのできる旅に暮らしたからである。

「東海道の一筋しらぬ人、風雅におぼつかなし」という芭蕉の教えを許六が残しているが、当時の旅と我々の考える旅いやむしろ近代では旅行というべきであるがまったく異なるものだということを考えておかねばならない（注22）。

芭蕉が業俳をやめて深川の芭蕉庵に隠棲したのは華美な都会の生活より隠者のような貧者の生活に憧れがあったからであろう。芭蕉の俳諧とくに野ざらし紀行以降の10年間の句であろうが、それはほとんど旅による鄙の句であるが、同時にそれは貧の句でもある。

坪内稔典さんは芭蕉の貧しさへの憧れが芭蕉の俳諧の本質だと論じている（注23）。つまり芭蕉は、旅によって風雅は鄙の生活に存在することを見いだしたのであり、芭蕉の憧れた貧者の生活は鄙の生活と同じことであった。

貧は鄙であり、鄙は風雅であることを旅によって発見した。食べ物からみても鄙と貧は同じことだということがいえる。芭蕉の近江の食べ物の特異性については既に述べたが、芭蕉の全発句983句についての食べ物句についてそれを確かめてみる（注24）。

【芭蕉の食べ物の句】

ご飯と菜

米・稲・飯（15）、餅・粽・草餅（12）、芋（5）、茄子（5）、夕がほ（5）、汁・苔汁（4）、大根（4）、唐辛子（4）、茸（4）、麦・穂麦（3）、蕎麦（3）、

以下2句のもの

芹焼、なずな、蒟蒻、たかうな、栗、豆腐、

以下1句のもの

若菜、とろろ汁、麦めし、野老、ところてん、稗、冬瓜、唐黍、入麺、ぬかご、とち、ぬかみそ、酢、葱、醴、雑水、納豆

計34種類93句

魚介類など

白魚（4）、以下2句のもの　鰹、鮎膾・膾、塩鯛・鯛、（小）海老、河豚汁、干鮭、

以下2句のもの

蠣、干鱈、烏賊、めじか、魨《ふく》、鯉、塩くじら、鯰、鰍、海鼠、氷魚、蛤

計21種類30句

果樹その他

瓜・真桑瓜（13）、酒（7）、茶（4）

以下2句のもの

柿、蜜柑、栗

以下1句のもの

柚の花、椹、冷し物、西瓜、菊なます、榎の実、実、木の実

計13種類37句

総計68種類160句

（括弧内の数字は詠まれた句数）

四方より花吹き入れて鳰の波　芭蕉

模糊として琵琶湖は花に曇りけり　伊谷純一郎

奥琵琶湖パークウェイから菅浦を望む。

村の出入り口に四足門《しそくもん》をもつ菅浦は中世的村落のたたずまいを残すところで、対岸は湖岸沿いにソメイヨシノが数百本植栽されている海津である。湖南より遅い湖北の春だけれども、満開の桜を湖上から眺めることができる。満開の桜が花吹雪になって湖面に流映となる光景はまさに妖艶なものである。芭蕉はこうした光景を想像で創り出していたのではないか。(写真：金尾滋史)

芭蕉の全発句のなかで食べ物の出てくる句は152句なのであるが、上述の表の総句数160句と合わないのは、1句に2つの食べ物が出てくることがあるからである。

いずれにせよ芭蕉の全発句983句のなかで食べ物句152句の割合は15・4%となり、蕪村の全発句数のなかで占める食べ物句の割合9・6%よりやや多い。しかし、このことにそれほどの意味があるとは思われず、問題は食べ物の内容である。

当時の庶民の日常の食事がどのようなものか正確にはわからない。しかし、私のような1945年生まれのものにとっては戦後の初めのころの生活や食事がかなり貧しいものであったことを思い出してみても、芭蕉の旅で詠まれた食べ物はかなり貧相なものである。

芭蕉の句に、米やめしあるいは餅などが多いことや、果物に真桑瓜が多いことは私たちからみると戦後直後と同じような貧しい食卓のようにみえる。しかし芭蕉にとっては憧れとはいわなくとも貧や鄙の食べ物は質素だけれども生存を保証してくれる隠逸の象徴だったのではないか。もちろん近江の食べ物句についても同じであるが、これらの食べ物は逗留地の裕福な弟子や芭蕉の俳諧の共鳴者による接待によるものである。

これに比べると蕪村の食べ物句はかなり豪勢なものが多い。

現在の私たちのような食卓と比較すれば蕪村の食卓は貧相にみえるかもしれない。それは私たちの現在の食事のほうが異常なのであって、その目で芭蕉の食卓や蕪村の食卓をみることは本質を見誤ることになる。旅も食事のありようも社会のありかたや時代の背景によってまったく異なるのものだということを考えておかねばならない。

芭蕉の食べ物句全般からみると芭蕉の近江の句の地域性がより明確にわかる。旅の食卓の質素さから考えると、近江の食べ物の句「霰せば網代の氷魚を煎て出さん」、「蝶も来て酢を吸ふ菊の酢和哉」あるいは「煮麺の下焚きたつる夜寒哉」の氷魚、菊膾、煮麺が如何に鄙のご馳走かがわかる。「飯あふぐ嬶が馳走や夕涼み」のご飯でさえ、湯気が立って炊きたてのほかほかご飯を連想させる。旅の米や飯の句が、冷や飯などを連想させるのと大違いである。

芭蕉にとって旅は「他者を知る」もっとも重要な手段であった。

民俗学とか人類学は私の理解では仮構的に「他者を生きる」という行為だと思っている。これが民俗学と俳諧・俳句との親和性なり親近性の由縁と考えるのであるが、このあたりの事情をもう少し説明してみたい。

この節の最初の許六の残した芭蕉の教え「東海道の一筋しらぬ人、風雅におぼつかなし」は許六の「風狂人が旅の賦」に載っているが、許六はこの教えを「旅は風雅の花、風雅は過客の魂」として旅こそ俳諧を風雅たらしめたものだと感得している（注25）。

そこでこの旅の眼の行く先が問題であった。従来の連歌や和歌の旅にあっては眼前に展開する事象をみても心は都にあって眼前の事象は都を懐かしむ契機にしか過ぎない。連歌や和歌の旅は、旅そのものを都を懐かしみ、漂泊する我が身を詩的な美しい存在とみなすある意味で自己への求心的な感傷であった。漂泊する我が身を慰め慈しむのに忙しく「他者を知る」どころ

江鱒（アメノイオ）はアマゴの琵琶湖タイプでビワマスのことである。そのうち琵琶湖博物館の研究者によって種として登録されることなるかもしれない。現在、北湖でビワマス・ロープ引き漁が人気を集めはじめている。世界でもっとも旨いサーモンとして滋賀県が売り出そうとしている。確かに旨い。几董の句によってビワマスが南湖にもいたことが証明できる。

捨るほどとれて又なし江鱒　几董

天くだる星を孕むやあめの魚　尚白

江鱒ありやもすらん冨士の湖　芭蕉

芭蕉や几董のころビワマスはどのような料理で食されていたのであろうか。近世時の大津祭では、天孫神社の祭礼としてビワマスのご馳走を食べたそうだ。ビワマスの伝統的な料理は長浜などに伝わっているビワマスのなれずし（こけらずし）やアメノイオ御飯（つまりゴボウや油揚げとほぐしたビワマスの身を米に混ぜ炊いた一種の混ぜご飯）が考えられる。しかし、私は断然刺身で食べるのが一番だと思う。

やきものは近江なりけり江鱒　諷竹

（写真いずれも：金尾滋史）

ではない。そこに生きる他者がどんな生活をしていてどんな生業で生活の糧を得ているのかなどは眼中になく基本的に関心がなかった。

それに対して芭蕉の眼は異なった風土に生きる農人であり漁者である他者に注がれていて、それは民俗学のフィールドワークのような視点を獲得していたのではないかと思う。

「他者を生きる」というのは「他者理解」を本願とする民俗学の究極的な目的であって、他者とは地域文化とか異文化であってもいいし、自己ないしは自己が帰属する集団や地域社会の文化では即座に理解できない他者ないしは他者の帰属する文化のことをいう。

日本という地域に育ち、日本文化に帰属するからといって、たとえば近世の人びとや明治時代の人びとが先験的にわかるわけではない。近世の庶民もその文化も他者である。ましてやその時代の感覚や感性などといったことは分かるはずがないと思ったおいたほうがいい。

福沢諭吉は近世末期から明治を生きた人であるが、彼はこの二つの時代に生きたことを『文明論之概略』のなかで「あたかも一身にして二生を経るかの如く、一人にして両身あるが如し(注26)」と述べた。私はこのことをふたつの異なる時代を偶然に生きたということで「縦軸の一身二生」と形容している。

民俗学は厚かましくも同時代の「他者を生きてみたい」という所詮無理な願望をもつ学問なのであるが、それを同時代を生きるという意味で「横軸の一身二生」と言っている。このことが俳諧・俳句の自然や文化あるいは社会に向き合う態度と民俗学が親和性をもつ理由ではないかと思うのである。

他者を知ることによって自らを知るという意味では俳諧・俳句は遠心的な文学であるし、自己を知るため内省的な和歌や短歌は求心的な文学であるといえる。芭蕉は旅によって他者を発見し、蕪村は定住することによって他者を発見した。

山里は万歳遅し梅の花　芭蕉
万歳や踏みかためたる京の土　蕪村

この芭蕉と蕪村の句における相同性と異質性はふたりのありようを見事に浮き立たせている。芭蕉の句はいろいろ議論されてきたようだけど、この句の詞書に「伊陽山中初春」とあることが興味深く、芭蕉の故郷・伊賀上野の山里が舞台となっている。

おそらくこの万歳は三河万歳のような二人組の芸能集団が春の言祝ぎに山里を巡廻していくもので、山里毎に毎年くるころが決まっているものであったのであろう。現在でも伊勢太神楽の小さな一座が近江の里の集落を廻って歩くが（現在は車に衣装や道具を積んで廻っているが）、里毎に巡ってくる日は大体決まっている。何ヶ月こうした言祝ぎの門づけをするのか分からないけれども、近世ではすべての行程は歩きであったはずである。私たちには想像できない稼ぎの旅なのである。

時雨きや並びかねたる鮊ぶね　千那

イサザも琵琶湖固有種であり、ハゼの仲間である。琵琶湖の湖底近くに住む底生魚であるが、日中かなり上下運動をして上がってくることが知られている。漁師の俚諺にイサザが獲れる年はアユが不漁で、アユが豊漁の時はイサザが不漁だという。芭蕉が活躍していたころすでにイサザを専門に捕る漁があったことが句でわかる。千那は堅田本福寺の住職で有力な近江蕉門の俳人である。イサザは大豆と煮合わせてイサザ豆も旨い。近江ではすき焼きのことをジュンジュンと言っているが、イサザのジュンジュンも旨いものである。私はイサザの柳川風鍋が気に入っている。

イサザの柳川風鍋

ハス釣の鯰上げたるとき会ふ

森澄雄

ハスは、「琵琶湖および福井県三方湖に分布する淡水魚である(ただし、三方湖のハスは近年確認されていない)。」コイ科の魚には魚食性のものは少ない。しかしハスは珍しく魚食魚である。そのため狙った魚に逃げられないように口先がひん曲がってしっかり挟むようになっている。琵琶湖ではこの魚の旬は夏であり、このハスの塩焼きを食べるころになると夏になったなあと季節感を感じるものだそうだ。ハスの塩焼きは淡泊でおいしい。足が速い魚のひとつなので関西圏にはあまり出回らないので、俳人の目に触れることも少ないのであろうこれを題材にした句は少ない。

(写真いずれも:金尾滋史)

以前は、一座の名前の何とか太夫の字の一字違いの偽一座が早や周りして稼いでいくなどいう、如何にも太平の世だなあとしか思えないユーモラスな話もある習俗である。

私は、「万歳遅し」というのは「京の正月の万歳に比べて」などと考えるべきではなく、「梅の花が咲くこと」と「万歳が梅の花の後に来ること」という時間的系列が山里では自然の成り行きであり、それこそ人事と自然が弁別できない芭蕉の考える「造化随順」の事象ではないかと思うのである。あるいは一種の自然暦と同じもの考えてもいい。

芭蕉が発見した「他者の文化」あるいは「隠棲するにふさわしい場」とはこういうところなのではないかと思う。

こうした山里は、以前、人類学者・米山俊直の提唱した「小盆地宇宙論（注27）」というものがあるが、それと同じようなものではないかと思う。京も伊賀上野もさらに近江も小盆地宇宙論の舞台となる盆地なのである。

蕪村の句も「万歳」と「京の土」という取り合わせが、蕪村の理想の地という深層意識を反映している気がしてならない。

自分の住むべき京故に京全体を踏みかため、邪気を払ってもらうという願いであろう。戦乱の京から遠くなり、平穏の願いを万歳に託して京の町が暮れてゆく。これもやはり京を小盆地宇宙として捉え、そのなかで生起する森羅万象のひとつが言祝ぐ万歳であり、ここを終の棲家と定めようと思ったに違いない。

芭蕉の句との相同性とは、その場をユートピアと捉える感覚であるし、それが森羅万象のひとつで自然に溶け込んだ習俗・万歳によって惹起されることである。もちろん異質性は芭蕉が山里を選んだのに対して、蕪村は京を選んだことである。

それでは最後にどのようなところに籠もって過ごしたいと思っていたのであろうか。芭蕉の場合は想像でしかないが、私は近江ではなかったかと思う。

煮麺の下焚きたつる夜寒哉　芭蕉

薬喰隣の亭主箸持参　蕪村

芭蕉の句は気のおけない弟子の多い近江の菅沼翠水の家での句だけれども、義仲寺無名庵に近いところである。深川芭蕉庵で旅から帰って詠んだ「冬籠もりまたよりそはん此はしら」にみえる孤独や寂寥とはまったく異なる。

芭蕉は近江での質素な鄙の生活を夢見ていたにちがいない。

蕪村は「桃源の路次の細さよ冬ごもり」と妻子とともに京の下町の路次裏に住み質素ながらときどき手に入る画の礼金で鰒や薬喰などのささやかな料理を楽しんだにちがいない。

この二つの句はそうした二人の心中を物語っているのではないか。

おわりに

芭蕉も蕪村も無意識だけれども民俗学の調査と同じように「他者を知る」ことを目指していた。芭蕉は農民や漁民の暮らしに目を向け、蕪村は京の職人や商人たちの暮らしに目を向け、そこに新たな文芸の道を拓いていった。

当時の社会にあっては文芸の道は依然として貴顕や上層の武家に独占されていた。芭蕉は旅によって「わび」から「かるみ」に至る風雅を庶民の生活のなかにもそれを見いだした。蕪村は京の下町に寄寓することによって庶民の「享楽」や「飄逸」の風雅を庶民の生活のなかに見いだした。

柳田国男は民俗学の方法論を説いた『民間伝承論』の中で調査を三部に分類した。この調査の対象は民間伝承なのであるが、それは庶民が自ら創りあげてきた暮らしの方法や生き方のことだと考えておいていい。その暮らしの方法や生き方を採集する方法として柳田は対象を三つに分類した。

第一部は「生活外形、目の採集、旅人の採集と名づけてもよいもの、之を生活技術誌といふも可」、第二部は「生活解説、耳と目との採集、寄寓者の採集と名づけてもよいもの」、そして第三部は「骨子、即ち生活意識、心の採集又は同郷人の採集とも名づくべきもの」というものである（注28）。

これは旅人の民俗学、寄寓者の民俗学、同郷人による同郷人の民俗学といっておきたいが、最後の同郷人による同郷人の民俗学こそが民俗学の最終目的だと柳田は考えていた。しかし、これは私の言う「横軸の一身二生」は漸近線的に可能かもしれないけど究極には不可能であるのと同じでことで無理な注文である。

要は芭蕉は旅人の民俗学という方法で庶民の暮らしに風雅を発見したのではないかということである。いうなれば芭蕉の文芸は、旅人の俳諧である。蕪村は寄寓者の民俗学によって庶民の暮らしに風雅を発見したのではないかということである。蕪村の文芸は寄寓者の俳諧といっていい。芭蕉が発見した庶民の風雅とはわび・さび・しおり・ほそみ・かるみといわれてきたものであろう。蕪村は京の洛中の生活に享楽と飄逸の風雅を発見してきた。

芭蕉は隠棲の夢は果たせなかったが、蕪村は「しら梅に明る夜ばかりとなりにけり」とよそ者とはおもえない穏やかな臨終を京で迎えた。蕪村は京の寄寓者として京の生活を楽しんだ。だから蕪村の京が、京の蕪村になってこの世を去ったのではないか。

芭蕉はIターン希望者で、もし永らえていたらIターン希望地は故郷・伊賀上野とよく似た風土の近江に隠棲したのではないか。伊賀上野も四方山に囲まれた盆地で、近江と異なるのは真ん中に琵琶湖のような湖がないだけである。先般、友人と伊賀上野の芭蕉の旧跡を訪ねたが、伊賀上野は近江とよく似た風土あることを実感した。芭蕉の近江は終に近江の芭蕉にはならなかった。

第2章 旅と俳諧・俳句

1 他者発見の旅

近世の五街道は多くの旅人が日本列島の東西に往来するのに利用した。なかでも俳人は庶民の旅人の先駆者としてこの街道筋を行き来した。

俳諧を庶民のものにするのに大きな役割を果たし、同時に蕉風勢力拡大の立役者である俳魔・支考（注29）など弟子たちの旅は芭蕉を上回る旅の人生の人も多い。しかしなんといっても17世紀後半、日本における庶民の文芸と旅の濫觴は芭蕉であったといっていいだろう。

当時街道を歩いて旅することは我々が想像するほど簡単なものではなく、路銀の必要な宿や食事の心配や病気や怪我など身体への気遣いなどいろいろな苦労が伴うものであった。17世紀の後半の元禄時代においてさえ、鈴鹿山脈や奥羽山脈を越えるときには追剥や山賊が出没した可能性もある。そんな歩く旅と俳諧とはどのように関係にあったのであろうか。

私などはそんな状況のなかでよく悠長に詩想を練るなどして歩けるものだと思ってしまうが、俳人にとって街道とは俳諧の詩想を練る重要な場であったに違いない。

芭蕉は若いころ憧れた貴顕や武家の世界における自己愛的詩歌の世界に決別し、自分の出自した農民的世界に風雅を見出す。この農民的世界の風雅の発見は旅によってより鮮明になったと思われる。芭蕉は旅によって他者を発見し他者を理解することによって自己省察をめざす道

を歩み始めたといえる。山本健吉は芭蕉の旅と俳諧の関係つまり街道と俳諧の関係を見抜き、鋭い視点で論じている。

「旅が彼の詩嚢をこやしたことは疑いない。「東海道の一筋もしらぬ人風雅に覚束なし」とは彼の言葉だが、それは決して花鳥風月の風流めかした旅ではなく、庶民の生活の真の姿に触れる最大の機会であったのだ。（中略）だが正風の連衆の主たる興味は、現在の庶民の生態の写実にあった。彼等がもっとも共感し合ったものは、貧しい庶民の心に対してであった。（中略）七部集最初の撰集「冬の日」を純粋な正風確立の時期とすれば、芭蕉の死までわずか十一年ほどの間に、このような空前絶後の民衆の文学が華咲いたのだ。農村・山村・漁村あるいは馬方・博徒・乞食・流人・山伏・田舎女郎等に至るまで、その奏で出す喜怒哀楽の交響楽は高鳴っているのだ（注30）。」

山本健吉の大仰な物言いには閉口するが、それでも芭蕉の旅の本質が「他者を知る」ことにあったことを見事にいい当てている。確かに芭蕉は農民や漁民など近世社会の生産を支えた人びとに目を向けるだけではなく、そうした階層社会の周辺の人びとにも視線を伸ばしている。2018年6月に友人と高遠から諏訪に遊んだ時、諏訪大社下社（秋宮）を通る中山道の街道筋に芭蕉の句碑があった。ここは「江戸より五十五里七丁、京都へ七十七里三丁」となっている甲州道中と中山道合流地点の「綿の湯」である。碑には次のような句が記されていた。

命二つの中に生きたる桜哉

芭蕉

芭蕉が旅に明け暮れるようになる最初の旅は『野ざらし紀行』である。この旅での顔見知りとの奇遇を詠んだ句である。芭蕉は東海道を東下し木曽・甲斐を経て江戸に向かう。芭蕉が来ていたのを知った伊賀上野の俳人・服部土芳は水口まで追いかけてきたという。しかし、もし土芳なら伊賀上野で出会ったときはまだ10歳の少年なので、懐かしい人と再会し同じ時間を生きた桜が見事に咲いているという感慨は創作的な句である。しかし、出会いと別れという旅と人生の同一性を見事に表現している。

東海道五十三次　水口宿（草津市蔵）

入込に諏訪の湧湯の夕ま暮　曲水
中にもせいの高き山伏　芭蕉

これは近江での俳筵での連句のなかにでてくる句である。芭蕉の付け句がおもしろい。街道が人生の舞台であり、街道が俳諧の創造の場であることをよく示している。

曲水（曲翠）は近江の芭蕉の信頼厚い篤実で剛直な膳所藩の武士である。この句は元禄3年（1690）、膳所の濱田珍碩（洒堂）宅に杖をとどめたとき、珍碩、曲水の3人で巻いた歌仙（木のもとの巻『ひさご』）のなかにでてくる。2人とも中山道を歩いた経験があり、ヒョッとしてこの「綿の湯」に入浴したことがあるのかもしれない。湯の煙のなかに背の高い山伏をみつめ彼の人生の来し方行く末を想像する芭蕉の姿を髣髴とさせる句である。

芭蕉が俳諧の中に取り込んだ他者はきわめて多様である。芭蕉が旅に明け暮れるのは貞享元年（1684）から元禄7年（1694）の10年間である。それまでは江戸を中心とした都市で業俳の生活の中で句を詠んでいた。

それでもこの都市生活においても「他者」への関心はあったらしく、詠まれた他者は町医師、針立按摩（針立、括弧内は句中の言葉）、菜売り、木戸番（番太郎）、捨子、異人（阿蘭陀）、子ども（はだか童）、不良の僧（浮法師）、男色の少年（若衆）、農民（田螺取り）、美少年の中間（艶奴）と多彩であり、旅に明け暮れるようになってからさらにその眼は肥えていく。

蕉風俳諧の本領発揮は貞享元年（1684）「野ざらし紀行」からはじまる旅のなかで詠まれた句にあるといってもいいが、その旅で発見された他者は、江戸で住んでいたときよりももっと多彩な人びとへの視線を獲得している。士農工商の階層的な社会であった近世の庶民といえば農民、漁民、商人がその大半を占める。

そうした人びととは下級の僧侶（僧・聖小僧・坊が妻、以下括弧内は句中の言葉）、農民の女（芋洗うふ女・かか）、神官（宮守）、下女（干鱈さく女）、山人（山賤）、座頭、行商人（鰹売り・酢売りなど）、巫女（御子良子）、市井の酒飲み（上戸）、漁師（海士）、鵜匠（鵜舟）、盗人、鳥さし、遊女、雑兵（兵共）、乞食僧（鉢叩き・薦を着て・空也の僧）、船頭、大道芸人（猿引・猿の面・まんざい）、山伏、相撲取り（すまふとり）、馬喰（馬かた）、左官、大工（大工・工）などであり、ほとんどが社会の周辺にあったような生業を主とする人びとであった（注31）。

出現する生業の数は30種類で57句に及ぶ。そして山本健吉が指摘したように、もう一つの大きな特徴はそうした周辺的な人びとの働いている姿を描写していることである。

おそらく街道筋の町場でみたであろう付近の農漁村からやってくる鰹売り、振り売り、冬菜売り、酢売り、烏賊売り、海苔売りなどが天秤棒を担いでいる姿など生きるための活動をクールな共感をもってみている。農民の姿であっても、芋を洗う女であったり、野老掘りをする農民であったり、はたまた秣を負う農民の働く姿を見つめているのである。

確かに芭蕉は旅によって多彩な「他者」を発見し、それらの人びとを自らの俳諧の場に生きる姿を登場させたのである。

2 芭蕉のふたつの旅と生き物

芭蕉は旅の詩人であり、滅びの前兆である秋の似合う詩人であった。

蕪村は定住の詩人であり駘蕩の象徴である春の詩人であった。

旅は故郷と一対のものであり、旅が漂泊を表象するとすれば、故郷は回帰を表象する。貞享4年（1687）、芭蕉は故郷伊賀上野へ旅の途中で帰郷する。芭蕉の死後、弟子の乙州が上梓した芭蕉の俳文紀行『笈の小文』のなかに「旧里や臍の緒に泣くとしの暮」の句があるが、この句は伊賀上野で既に死んだ母親と家郷を偲んで詠んだとされる。芭蕉発句のなかで唯一「旧里」の言葉が使われる句である。

京の小路の陋屋を桃源郷と見立てた蕪村と異なり（注32）、芭蕉は背後にさほど高くない山を控え全面に水田の広がる翠微の山麓の家を回帰すべき家郷と思っていたにちがいない。

芭蕉の「里ふりて柿の木もたぬ家はなし」の句は故郷・伊賀上野の望翠亭での歌仙の発句である（注33）。日本の村々とくに近畿の農村なら現在でも普通にみられる光景であるが、こうした平凡な家郷の形姿を礼賛している句である。「柿の木」が家郷の象徴であるが、柿にそうした喚起力があることは注目すべきことである。近江はそうした家郷の形姿を示す典型的な地であるが、同時に琵琶湖の存在を除けば芭蕉の故郷・伊賀上野ときわめてよく似た風土である。このことは芭蕉が詠んだ近江の句と風土が切っても切れない関係をもっていて、近江の旅が芭蕉の他の地域への旅と大きく異なっていることを示してみたい。

豊郷町吉田の集落（写真：辻村耕司）

芭蕉は若いころ京に向かう途中で近江を通っているかもしれないけれどもそれを考慮しなければ、50年の生涯のうち晩年にあたる42歳から51歳までの10年間に8回近江に来遊し、１０２句もの句を詠んでいる（注34）。

８回の来遊ではそれぞれ滞在期間が異なるが、国分山（標高２７０．６メートルの山頂から東側の中腹）の幻住庵で数ヶ月などを含み、単に旅人として通りすがりではなく比較的長く滞在していることも大きな特徴である。近江での滞在月数は20ヶ月に及ぶ。芭蕉の近江への旅がどのように特異的なのか芭蕉のもっとも有名な俳文紀行『おくのほそ道』と比較してみようというのが本論の狙いである。

芭蕉が推し進めた文芸運動によって俳諧は「偉大な季節・地誌のアンソロジー」になっていった（注35）。この「偉大な季節」のアンソロジーとは四季を彩る句作の語彙のため

の歳時記であり、「地誌のアンソロジー」とは風土と考えておいてもいいだろう。芭蕉自身の言葉を借りれば

「しかも風雅におけるもの、造化にしたがひて四時を友とす。みる處花にあらずといふ事なし。おもふ所月にあらずといふ事なし。像花にあらざる時は夷狄にひとし。心花にあらざる時は鳥獣に類ス。夷狄を出、鳥獣を離れて、造化にしたがひ、造化にかへれとなり」（注36）

ということになる。造化随順と無常迅速こそが芭蕉の俳諧の本意であろう。

「偉大な季節」のアンソロジーの主役を演じるのは、地域を特色づける動物や植物であり、またそれらが加工された食物である。「地誌のアンソロジー」の主役を演じるのはいわゆる風土であり、いずれも歳時記の動植物以外の時候、天文、地理、生活、行事の項目の示す造化である。芭蕉の『おくのほそ道』と「近江への旅」の比較をまず登場する動物と植物から始めてみたい。

『おくのほそ道』に登場する動物で個別名称がわかるものは10種類、植物では12種類である。個別名称は必ずしも分類学的な種までは同定できない柳や萩、あるいは鶴と表現されるものも含む。柳はおそらくシダレヤナギであろうし、萩はヤマハギあるいはマルバハギであろう。鶴はタンチョウヅルあるいはマナヅル・ナベヅルのいずれかであろうが、当時と現在の分布はか

なり異なるので特定はできない。

『おくのほそ道』に登場する蝉は「閑さや岩にしみ入蝉の声」の蝉であるが、この蝉がアブラゼミかニイニイゼミか以前から論争がある。たった一匹の蝉か多数の蝉かでも論争がある。そうした種まで特定できない種類も含めて個別名として登場する動物は、木啄、ほととぎす、馬、蚤、虱、蟾蜍、蝉、鶴、きりぎりす、蛤の10種類である。

動物は一般名として鳥、魚の2種類登場する。これらを含めれば12種類の動物が『おくのほそ道』に登場したことになる。

植物は個別名のレベルでは12種類出現する。それらは、柳、栗、桜、あやめ、紅粉の花（ベニバナ）、ねぶの花（ネムノキ）、萩、わせ（早稲）、瓜、茄子、すすき、菊の12種類である。

類別できない一般名称では、青葉若葉、夏木立、夏草の3種類があり、双方を併せて15種類が『おくのほそ道』に登場する植物である。

さて、『おくのほそ道』に登場する動物や植物に何らかの特徴があるのであろうか。もし『おくのほそ道』に固有の特徴があるとすれば、実に興味深いことだと思われる。もっとも大きな特徴は、『おくのほそ道』に登場する動物や植物は西日本では「ありふれた動物や植物」が多く、あまり風土や地域性などの特質がでていない、というきわめて平凡な事実を挙げなくてはならない。

日本列島の植生が大きく二つに分類されることは周知のことである。北海道の針葉樹林帯、沖縄県に広がる亜熱帯は、芭蕉が生きていたころは普通の人びとが旅で出かけるようなことはほとんどなかった。したがって、この地域のことは考慮に入れないとすれば、日本列島は西日本の常緑広葉樹林帯（照葉樹林帯）と東日本の夏緑広葉樹林帯（落葉広葉樹林帯）に分かれる。

芭蕉が生まれて若いころ過ごした伊賀上野も、晩年によく訪れた近江も、典型的な照葉樹林帯に属する地域である。つまり芭蕉にとってはなじみのある動物や植物の生息・生育している風土である。

『おくのほそ道』の旅は芭蕉の俳諧にとってはきわめて重要なものであったが、芭蕉の俳諧にとってひとつの到達点を示すものであることは論を俟たない。しかし、句を詠んだ風土は芭蕉にとって始めての風土であり、彼の新たな境地を仮託すべき動物や植物はほとんど未知のものであった。

常緑広葉樹林帯と夏緑広葉樹林帯の植生の違いは大きなもので、どちらの森林帯の二次林はかなり似通うが芭蕉が生きていたころは今ほど二次林が広がっていないとすれば景観は相当異なっていたはずである。常緑広葉樹林帯では、標高が８００メートルを越えて始めてブナ帯が出現するが、夏緑広葉樹林帯では低地までブナ帯が降りてくる。

『おくのほそ道』の紀行では芭蕉は見知った動物や植物は少なく、芭蕉の新たに発見した感覚や感性を仮託すべき動物や植物はなかったと思われる。だからこそ、『おくのほそ道』に出現する動物や植物は、野生であれ家畜・栽培であれ西日本の常緑広葉樹林帯でも普通に見られる動物や植物ばかりが句に採りあげられるのではないか。

現在なら我々が植生の大きく異なる東南アジアに旅をして、日本にもある植物を見たときの感動や食べ物として知っている植物などを直接みて感動したりすることがある。『おくのほそ道』の旅はそれと同じような感覚だったのではないか。

つまり、結論としていえることは、出現する動植物は、二つの植生に共通する動植物であり、さらに古典に詠われる動植物がほとんどであることである。言葉を変えれば、夏緑広葉樹林帯に固有の植物、例えばブナなどは句の中に登場しないということである。


異国で出会う見知った植物、話に聞いていた植物の本物の姿をみて感動したと思われる植物が『おくのほそ道』にも出てくる。それはネムノキとベニバナである。

芭蕉はこの二つの植物には特別の感慨をもったにちがいない。『おくのほそ道』の紀行で特質すべき植物、ネムノキ・ベニバナがなぜ特別の意味をもつのか。動物についてはすべては日本列島に普遍的存在しているものばかりである。『おくのほそ道』の最後の句は「蛤のふたみにわかれ行秋ぞ」であり、蛤が採りあげられる。桑名の蛤のしぐれ煮は当時から名産品であったのかどうかわからないが、このあたりでよく食べられていた貝であったことは間違いないだろう。しかし「ふたみにわかれ」ることはシジミでもアサリでもいいわけだから、芭蕉が蛤をとりあげたのは多分すでに名産品であったからであろう。

芭蕉は故郷・伊賀上野にいたときから、近江や美濃あるいは伊勢の名産品などについての知

ベニバナ　摘んだ花は「紅餅」にして出荷される

紅餅

紅花資料館（山形県河北町）

近郷きっての富豪だった堀米四郎兵衛の屋敷跡が、昭和59年5月に「紅花資料館」として開館。堀米家は元禄の頃から土地の集積を行い、文政年間から明治期まで名主や戸長を務めた家柄で、米、紅花などの集荷出荷などによって財をなした。河北町では、江戸時代には「最上紅花」が植えられ、紅餅にして京に送られ、染料として重宝されたが、その売買に従事したのが近江商人であった。今も山形県には近江商人の足跡が多く残る。

識は十分もっていたにちがいない。もちろん芭蕉の古典についての素養から「貝合せ」の素材であったことも承知していたにちがいない。それが最後の句に「蛤」を採りあげた理由にちがいない。

つまり、芭蕉は蛤に特別な感慨を抱いたのではない。芭蕉の『おくのほそ道』に登場する動物は日頃から慣れ親しんだ動物であり、蛤はそのひとつにすぎない。

植物ではまず「象潟や雨に西施にねぶの花」に詠われるネムノキをなぜ芭蕉はとりあげたのか。「雨にけぶる象潟は悩める美女西施を思わせる合歓の花の風情と通い合い、美しくもさびしさを深めている（注37）」

という合歓と西施の取り合わせや見立ての見事さをここで問題にするのではなく、なぜ象潟という地域にネムノキがあったのか。マメ科のネムノキは元来分布は暖帯から熱帯の植物であり、どちらかといえば西日本に普通に見られる植物である。植物分類学者・北村四郎（注38）の説明では、「熱帯のものが暖帯に侵入したのであるが、日本では古くから東北地方にまで侵入したことは芭蕉の句『象潟や雨に西施がねぶの花』で明らかである」と逆に芭蕉の句を古くからの分布の証拠としている。

これで主張したいことは、芭蕉が東北を旅して見慣れない樹木や草本が多い中で、この象潟の周辺の伊賀上野で見慣れたあの懐かしい「ねぶの花」に遭遇して感興をもよおし、この句がなったとみたいのである。これが『おくのほそ道』では日本列島に普遍的に存在し古代からよく詠われる動物や植物しか登場しないのに、それほど詠われていないネムノキが登場する由縁ではないかと思う。

今ひとつの特異的な植物は栽培植物であるベニバナである。

この句が詠まれたのは立石寺に立ち寄る前の尾花沢である。句は「まゆはきを俤にして紅粉の花」であるが、芭蕉にしては艶っぽい句である。尾花沢の鈴木清風宅に泊まったらしいが、清風は江戸で芭蕉とも交渉があった人だ。紅花問屋であり金融業を営んだ豪商でもある。存義の句であるが「行すゑは誰肌ふれむ紅の花」という解釈によっては濃厚なエロティシズムを表す句も伝わっている。

尾花沢は紅花の産地として有名であった。このキク科植物は頭花の下部は赤色で先は黄色になる花弁は美しいものである。ベニバナはエチオピア原産ともいわれ、古くから中央アジアでは栽培されていた。紅を採るための栽培植物がいつ日本に渡来したか定かではないが、飛鳥時代には少なくとも伝来していたと言われる。源氏物語の巻名・末摘花はこのベニバナの頭花を摘むことだから、古くは近畿でも栽培されていたであろう。

ただ、芭蕉は話には聞いていても直接見たのは尾花沢が始めてではないかと思う。紅花問屋の清風への挨拶の意味もあろうが、尾花沢一帯は紅花の有名な産地故に、また花盛りに遭遇した故に詠んでみたかったのではないかと想像する。

芭蕉が滞在したのは5月17日から5月27日（新暦7月3日から7月13日）で、このあたりは紅花の花盛りのころである。紅花問屋の清風宅では、紅花摘みや紅花餅作りで多忙であったと思われる。芭蕉が『おくのほそ道』で地域の特産物つまり風土を表す自然を詠んだのは蛤とこの句のみだといっていい。

ネムノキとベニバナの2種類の植物を採りあげたが、『おくのほそ道』の句のなかではこの2種類と敢えて加えれば桑名の蛤の3種類が特異的なもので、それ以外は日本列島に普遍的で古典でもよく詠まれている平凡な動物や植物しかでてこないということをむしろ主張したいのである。

このことは次に述べる「近江の旅」で詠まれた句に表れる動物と植物を比較してみるとより明瞭になる。

芭蕉の近江への旅は貞享元年（1684）から元禄7年（1694）の義仲寺無名庵での最後の滞在まで8回、大津に来遊している。滞在日数は第1回目の旅では約9ヶ月、2回目の旅では約半月、3回目の旅も約半月、4回目の旅は菅沼曲翠が尽力して提供した国分山・幻住庵での約3ヶ月を含めて半年の滞在、5回目は約半月、6回目は3ヶ月の滞在である。7回目はわずか5日間で、8回目は6月15日から7月5日まで約半月無名庵に滞在し、京の落柿舎に寄り故郷・伊賀上野に2ヶ月帰郷して大坂に向かう。大坂で病気になり、これが最後の旅となり大坂・南御堂の花屋の座敷で多くの門人に看取られながら息を引き取る。

近江での滞在総日数は約20ヶ月およそ1年と8か月になるが、芭蕉の旅の中では飛び抜けて滞在日数は長いのではないかと思われる。この間に詠まれた句数が102句なのであるが、4

回目の旅は滞在日数が長く句数も33句と多い。また6回目も滞在日数が3ヶ月あり、句数は25句と多い。

他者の文化や社会を知るためにフィールドワークをおこなう民俗学や人類学でも同じ場所に通算2年以上滞在することはあまりない。とくに民俗学の場合はこうした長期滞在はむしろ稀であるといってもいい。人類学の場合にはしばしば同じ場所での長期滞在が行われるが、ほとんどの場合は海外の調査の場合である。筆者も民俗学研究のためしばしば調査を行うが、海外を除けば同一場所にこれほど通うことは稀である。芭蕉にとって近江とはどのような場所なのか、実に興味深い問題だと言わなければならない。この滞在日数や滞在回数からみると、よほど近江の風土が気に入っていたのか、彼の俳諧精進のために近江の何かが必要であったのか、いずれにせよ芭蕉にとって近江は特別なものであったにちがいない。芭蕉の旅のありようをみてみると「近江への旅」と『おくのほそ道』では大きく異なり、前者では滞在型の旅、後者は漂泊型の旅だといえるのではないか。芭蕉の旅を、異なった意味をもつ二つの旅にわけることは可能であろうか。そのことをその旅で詠まれた句を比較することによって確かめてみたい。

先述したように、『おくのほそ道』の旅では、個別名で言うと動物は10種類、植物は12種類登場する。一般名については動物（鳥・魚）は2種類、植物（青葉若葉・夏木立・夏草）の3種類である。『おくのほそ道』の旅は、3月27日（新暦5月16日）から8月21日（新暦10月25日）なので総旅日数は142日間である。全く歩かない滞在回数は23回で、その日数は福井での等哉

あけぼのはまだ紫にほととぎす　芭蕉

石山寺全景

勢田に泊まりて、暁、石山寺に詣、かの源氏の間を見てと書かれている。円柱の句碑

（写真いずれも：辻村耕司）

方の二泊を入れて72日間となる。全行程は約2400キロメートルとして、歩行期間は70日間になるので、一日平均34．2キロメートルとなる。現在の我々からすれば恐るべき健脚ということになるが、当時の庶民の脚力はもっとあったようで、東海道を日本橋から京・三条大橋までの490キロメートルを普通12泊13日で歩いたとされるので、平均一日歩行距離は37．7キロメートルとなり、『おくのほそ道』の旅はそれほど早いというわけではないようだ（注39）。『おくのほそ道』の旅では51句が旅で詠まれたことになっているが、旅のなかで滞在した各地で俳筵の座を設け、歌仙を巻いた時の句がほとんどである。

対して「近江の旅」では近江8回の来遊で総計1年8ヶ月の滞在のなかで近江蕉門の人びととの歌仙などの座で詠まれたのが102句におよぶわけである（注40）。この102句のなかに現れる植物は29種類、動物は20種類である。句数からみると『おくのほそ道』の51句中の動物10種類、植物12種類に対して102句中の動物20種類、植物29種類である。「近江の旅」での句数が『おくのほそ道』の倍なので、この数字はほぼ比例しているので何の不思議もない。ところが動物と植物の具体的な種類について比較してみると驚くべき差異があるのである。表に示したのは「近江の旅」102句に出現する動物と植物である。これを『おくのほそ道』に出現する動物と植物を示す表とくらべてみると差異は歴然としている。

【芭蕉の句にあらわれる生き物】

近江102句の中の生き物		『おくの細道』にあらわれる生き物
菫草（スミレ・タチツボスミレ）、松（クロマツ）、躑躅（コバノミツバツツジ）、菜畑（栽培種ナノハナ）、桜・山桜（ヤマザクラ、5）、草の葉（総称名）、皷子花・昼顔（ヒルガオ、2）、夕顔（栽培種ユウガオ）、瓢（栽培種ヒョウタン）、白躑躅（ツツジ類）、椎の木（イタジイ）、夏艸（総称名、2）、瓜の花（栽培種マクワウリ）、葵（渡来・栽培種タチアオイ）、橘（タチバナ）、合歓（ネムノキ）、桐（キリ、2）、茶（チャ、3）、菊の花（栽培種・食用・坂本菊）、菊（総称名、5）、穂蓼（ヤナギタデ）、唐辛子（栽培種トウガラシ）、春の草（一般名）、梅（栽培種ウメ）、若菜（一般名）、稲・米（栽培種イネ、2）、柿（栽培種カキ）、蜜柑（栽培種ミカン）、秋海棠（栽培種シューカイドウ）、西瓜（栽培種スイカ）、栗（栽培種クリ）、蕎麦（栽培種ソバ）、蔦（一般名）、紅葉（一般名）、落葉（総称名）、卯の花（ウノハナ）、柳（一般名）、蓮（ハス）、萩（ヤマハギ）、薄（ススキ）、相撲取草（オオバコ・スミレ） 計55回41種	植物	青葉（総称名）、若葉（総称名）、夏木立（総称名）、柳（一般名）、栗（栽培種クリ）、早苗・わせの香（栽培種イネ、2）、桜（ヤマザクラ）、松（アカマツ）、あやめ草（アヤメ）、夏草（総称名）、紅粉の花（栽培種ベニバナ）、ねぶの花（ネムノキ）、萩（ヤマハギ、3）、瓜（栽培種マクワウリ）、茄子（栽培種ナス）、すすき（ススキ）、菊（栽培種キク類） 計20回17種
雀（スズメ、2）、蛍（ゲンジボタル、5）、氷魚（アユ）、烏（ハシボソカラス、2）、獺（カワウソ）、鳰（カイツブリ、2）、ほととぎす（ホトトギス、3）、蛇（一般名、2）、蚊（ヌカガ）、蟬（一般名）、蜻蛉（一般名）、猪（イノシシ）、きりぎりす（コオロギ類、2）、うづら（ウヅラ、2）、雁（ガン類、2）、小海老（スジエビ、2）、いとど（カマドウマ）、蝶（一般名）、鷺（コサギ）、鷹（タカ類）、水鶏（ヒクイナ） 計33回21種	動物	鳥（総称名）、魚（総称名）、木啄（キツツキ類、2）、ほととぎす（ホトトギス）、馬（ウマ）、ひき（ヒキガエル類）、蟬（一般名）、蛤（ハマグリ） 計8回8種

注：（　）内は推定した動植物の和名、数字は出現回数
　一般名はある限定された種類名の動植物、総称名は限定されない動植物

まず植物からみていきたいが、菫、菜の花、昼顔、夕顔、瓢、椎、瓜、葵、合歓、桐、茶、菊（食用菊）、穂蓼、唐辛子、柿、秋海棠、西瓜、蕎麦、卯の花、蓮、薄、相撲取草は種まで同定できる個別名をもった植物である。もちろん松、躑躅、桜、橘など古典にとりあげられたり和歌などに詠まれる一般的な植物もあるにはあるが、その数はむしろ少ない。西日本で芭蕉がなじみのある栽培植物や野生植物が多数出現することは注目していいことではないか。

動物についても植物とおなじような傾向がみられる。

氷魚、獺、鳰、猪、小海老、いとど、鶉など和歌にはあまり採りあげられない動物がでてくる。つまり『おくのほそ道』と「近江の旅」に出現する動物・植物の差異は、前者が一般名称の動植物が多く、後者は個別名称の動植物が多いという特徴がある。

つまり『おくのほそ道』の句はなじみのない風土で詠まれた句であり、動植物は古典にもでてくる誰でも知っている一般名称の動植物を詠むことしかできなかった。

それに対して「近江の旅」の句はなじみのある風土で詠まれた句であり、近江の庶民なら知っていたにちがいない動植物が詠まれているのである。

琵琶湖の氷魚

最後に、芭蕉がいかに隠棲するなら近江ではないかと証拠立てる「霰せば網代の氷魚煮て出さん」の句の氷魚について既に1章で簡単に述べたがここで再度この氷魚の特異性を述べておきたい。それは芭蕉の晩年の志向が那辺にあったのか教えてくれるからである。

氷魚とは、9月頃から10月にかけてアユが産卵し、その産卵が孵化して少し成長して12月頃から琵琶湖で獲れる稚鮎を指している。氷魚は近江ではヒウオあるいはヒオと呼んでいるが、体は細く透明で氷魚の名にふさわしい。釜揚げしたものを三倍酢や酢味噌で食べるが、高級な料理で、昔は京などにも出荷されもてはやされた琵琶湖特産の稚鮎である。なぜ琵琶湖特産なのかその秘密はアユの生態にある。

琵琶湖のアユはきわめて特異的な生態的特徴をもっている魚である。

日本列島にはアユは回遊魚として普遍的に存在する。日本列島、朝鮮半島の東海岸や台湾の河川にも分布するが、それらのアユと琵琶湖のアユは生態が異なる。琵琶湖以外のアユは、河川と海を回遊するので琵琶湖でアユを研究している人たちはこれを海アユと言っている。

海アユは5月から6月にかけて決まった河川を遡上し、夏の間中流から上流の河川の瀬で石の上の藻類などを食べて成長する。9月頃から産卵のために少し下降して中流域で産卵し、その後は落ち鮎や錆鮎となってさらに下降し河川で死ぬ。年魚と言われる由縁である。

中流域で産卵された卵はやがて孵化して稚魚となるが、この稚魚はごく小さいので川に流され海に入る。海に入った稚魚は河川と海と出会う場、つまり汽水域からそれほど遠くに行かず次の年の5月から6月まで海で成長する。遡上できるほどの大きさになれば5月から6月群れとなって母川に回帰していくという過程を繰り返す。一生は一年であり、この母川に回帰して

みずうみの浅瀬覚えつ蜆取り　召波

蜆舟石山の鐘鳴りわたる　川端茅舎

（写真：辻村耕司）

琵琶湖には貝類にも多くの琵琶湖固有種があるが、人間との関りでは何と言ってもセタシジミである。縄文時代の粟津貝塚で大量の現在よりはるかに大きなセタシジミが食べられていた。味は一級品だが、セタシジミのみそ汁は二日酔いにいい。（写真：金尾滋史）

いく鮎を狙って夏のアユ釣りや鵜飼いの対象魚となるのである。

アユは日本人には古くから親しまれた魚である。産卵孵化した稚魚が川の流れで海まで流されてしまうことを疑う人もいるかもしれない。しかし、稚魚ならず産卵のため中流域まで下降する親アユでさえ流されてしまうことがあると最近友人の民俗学者・常光徹さんに聞いた。それは四国の仁淀川での汽水域で活動する漁師や釣り人からの聞き書きである。

産卵のため下降を始める夏頃に大雨が降り、大水がでるとこうした親アユの一部が海まで流されてしまうことがあるそうだ。海まで流されたアユは産卵のため再び川を遡上するけれども中流域までは行き着かず下流域で産卵するという。大概の場合は流された仁淀川ではなく、近くの小さな河川を遡上するそうだ。こうした別の川に秋、遡上するアユを狙って漁をしたり釣りをしたりすることがあるそうだ。こうしたアユをイリアイというらしいが、常光さんの解釈では、イリは入り江のイリ、アイは高知では普通アユをアイというそうだから、入り江に戻ったアユの意味ということになる。大水がでれば親アユでさえ流されるのだから、まして稚魚が中流域にとどまることは不可能ではないか。

では琵琶湖でのアユの一生は海アユと同じであろうか。

またアユと人間のつきあいかたは他の河川と同じであろうか。

琵琶湖のアユは海アユと大きく異なった生態をもっている。近世以前の琵琶湖は大阪湾と瀬田川（桂川と木津川と合流して淀川となるが）を通じて直接つながっていた。琵琶湖内で生まれたアユの稚魚は幾分かは海アユと同じように海に行き6月頃回帰するものもあったであろう。瀬田川に南郷洗堰ができ、天ヶ瀬ダムがある現在では海と琵琶湖は完全の遮断され魚の行き来はない。

海とつながっていた時代でも琵琶湖で生まれた大半のアユは一生琵琶湖にとどまり大きくならずに過ごす。これを琵琶湖ではコアユと言っているが、このコアユを琵琶湖以外の河川に放てば海アユを同じように大きくなる。

現在は全国の河川に放流用として漁獲されていたコアユはずいぶん少なくなったが、かつては全国に出荷されていた。漁獲されずにコアユのまま琵琶湖にとどまったアユは琵琶湖内で産卵し、その卵は孵化する。

この稚鮎を狙った漁でとれたアユが細長い透明でまるで氷の針のような魚なので氷魚といわれる。このアユの稚魚は現在でも高値で取引される琵琶湖の特産物で、通常釜揚げにして食べる高級な食べ物である。寒い冬の12月頃が氷魚漁の最盛期であるが、現在では琵琶湖の南湖で捕獲される。

芭蕉が氷魚を詠み込んだ句は「霰せば網代の氷魚を煮て出さん」である。

詞書に「膳所草庵を人々訪ひけるに」とあり、義仲寺無名庵で詠まれた句である。季節も旧暦の12月であり、無名庵での越年には曲翠、珍磧(洒落)、智月など近江蕉門の人びとが訪ねてきているので彼らの誰かがこの近江名産の氷魚を提供したにちがいない。まさか芭蕉が漁師

霰せば網代の氷魚煮て出さん　芭蕉

唐崎の松に近づく稚鮎汲み　茨木和生

この稚アユの釜揚げこそ古来、京の貴顕のあいだで「田上網代の氷魚」として人気のあった魚である。透き通った氷のような孵化後数か月の稚魚である。稚鮎の生産量は年によって大きく変動するが、近年は不漁が続く。芭蕉の句は、琵琶湖の漁師にとってはあたりまえの自然暦であったであろう。晩秋の霰が降り、雪時雨のような季節になると稚鮎は群れてエリに入る。

稚アユの釜揚げ

フナのジョキ

これは沖島の漁師たちが好んで食べたジョキというニゴロブナのセゴシである。北湖のほうではドガンという。鮒鮨の材料にするニゴロブナは卵を一杯孕んだ雌ブナのほうを使う。一緒に捕れたオスは沖島ではカマと言っているが、ジョキには雄ブナのほうが脂がのっていて旨いという。漁では雄ブナは捨ててしまうのが普通だけど、酒飲みの漁師は旨そうなカマをこのジョキにして食べたという。漁師しか知らなかった料理なので、残念ながら食通の多い俳人でさえ句にしている人は寡聞にして知らない。

琵琶湖のエリ（写真いずれも：金尾滋史）

たものであろう。

に氷魚を注文するわけではないので、近江の弟子の誰かが「網代の氷魚」だと言ってもってき

いずれにせよ、アユの稚魚つまり氷魚は、琵琶湖でしか獲れない琵琶湖を抱えた近江固有の食べ物である。そしてそれは漁師や農民が、慣れ親しんだ食べ物であったことはまちがいない。そうした近江の特産物である氷魚を芭蕉はよく知っていたからこそ、句の中に登場するのではないか。

「『おくのほそ道』の旅」と「近江の旅」にでてくる生物世界の相異は、この氷魚の典型的に表れていると思われる。

稚鮎の特異性はこれで理解できるかと思うけれども、芭蕉の詠んだ「霰せば網代の氷魚を煮て出さん」にはアユの生態学的特異性以外にも大きな特徴がある。それは芭蕉の俳筵の席で参加者に向かう態度である。

この句はあたかも芭蕉が漁師の家に訪れた客人に対して、季節の旬のご馳走をふるまうかのような詠み方である。つまり、擬似的な定住者の漁民のように振舞っているわけである。これから考えると隠棲するならこうした場を選ぶと推測しても、さほど大きな狂いはないであろう。

おわりに

俳諧・俳句によって博物誌が可能なことを示したのは柴田宵曲であった。彼の『俳諧博物誌』（注42）はそのことを実践してみせた著作である。俳諧・俳句の大道とは少々遠いが、俳諧・俳句の観察の微細なることが、博物誌を可能にしていると言っているのである。宵曲はこの著作で「鳶・龍・鯛・河童・狸・雀・熊・狼・兎・鶴・猫・鼠・金魚・虫・菊・蒲公英・コスモス」と想像上の動物2種、鳥類3種、哺乳類6種、魚類2種、昆虫1種、植物2種など身近な生き物を素材にしている。

近世から近代の子規までの生物の句の博物誌的評釈をしているのであるが、狼や熊などの俳諧による博物誌はきわめて興味深い。狼に関する句から読み取れる、狼と人の関係性の歴史的変遷は、まさに面目躍如といったところである。私は、この関係性の歴史を実際に見ることのできた時代を「姿の狼」の時代、もはや山中を歩いても時に咆哮だけ聞くことができる「声の狼」の時代、そして明治になって狼が絶滅した近代初期の「心の狼」の時代に区分できると提唱した。

現代はその意味からいうと「憧れの狼」の時代だといえる（注42）。

さて、ここで展開した論述に大きな根拠を与えたのは柳田国男であり、彼の俳諧に対する考えを述べておかねばならない。

柳田は俳諧・俳句が歴史的資料たりうることを示した。柳田の名著『木綿以前のこと』のな

かに「生活の俳諧」という論考がある。このなかで柳田は

「たとえば俳諧の主題としては、俗事・俗情に重きを置くことが初期以来の暗黙の約束であるが、是が可なり忠実に守られて居た御陰に、単なる民衆生活の描写としても、かの文藝はなお我々を感謝せしめるのである（注43）」

と俳諧の描写が歴史的資料足りうることを明確に主張しているのである。

宵曲による俳諧・俳句の博物誌的資料性、柳田による俳諧・俳句の民衆生活の歴史的資料性の指摘が、近江を詠んだ芭蕉や蕉門の句では人の暮らしや近江の自然に焦点をあてていて、より明確にわかるからである。私はこのふたつの主張を融合させ、俳諧民俗誌を構想したのであるが、ここまで述べてきたのはそのひとつの試論である。

俳諧・俳句の博物誌資料性と歴史資料性からみて何を明らかにすることができたのであろうか。それは芭蕉の近江への旅は他の芭蕉の漂泊的な旅とは異なった性格をもっていることを明らかにしたことである。芭蕉が生まれ故郷の馴染んだ自然や、その風土のなかで生きる庶民の生活を見る目は、旅人でありながら、あたかもその地域の仮構的な定住者のような視線を注いでいるのである。

柳田国男の著作の中では『野鳥雑記』と『野草雑記』が好きなのであるが、この前者の冒頭

に「畠を耕す人々の、朝にはまだ蕾と見て通った雑草が、夕方には咲き切って蝶の来て居るのを見い出すやうに、時は幾かへりも同じ処を眺めて居る者にのみ神秘を説くのであった（注44）」という文章がある。

まわりの自然のなかで自然を相手に自然から糧を得る農民や漁民は、そうした存在である。こうした人びとと同じ感性や感覚を芭蕉は自覚的に捉えなおしそれを格調高い文芸に押し上げていったのではないか。

■参考文献

注1　いかいゆり子著『近江の芭蕉』サンライズ出版、2015年
　近江の102句に関する言及はすべてこのいかいゆり子の著作に負っていることを銘記しておきたい
注2　安東次男著『与謝蕪村』講談社文庫、昭和54年
注3　四方山径著『俳諧たべもの歳時記』八坂書房、1980年、
　山本健吉著『芭蕉全発句』講談社学術文庫、2012年
注4　柳田國男著『俳諧評釈』定本柳田國男集第17巻、筑摩書房、1969年
注5　柴田宵曲著『新編俳諧博物誌』岩波文庫、1999年
注6　柳田國男著『野鳥雑記』定本柳田國男集・第22巻、筑摩書房、1970年
注7　坪内稔典著『柿日和―喰う、詠む、登る―』岩波書店、2012年
注8　坪井洋文「故郷の精神誌」日本民俗文化体系『現代と民俗―伝統と変容―』小学館、1986年
注9　滋賀の食事文化研究会編『つくってみよう滋賀の味』サンライズ出版、2009年
注10　鈴木健一『風流　江戸の蕎麦』中公新書、2010年
注11　藤田真一・清登典子編『蕪村全発句』おうふう、平成12年
注12　篠原徹「ノラを歩き花を愛でる蕪村」『民俗の記憶』社会評論社、2017年
注13　岡田利兵衛著作集Ⅱ『蕪村と俳画』八木書店、平成9年
注14　雲英末雄『芭蕉の孤高　蕪村の自在』草思社、2005年
注15　おかべたかし『くらべる東西』東京書籍、2016年
注16　伊谷純一郎・塚本学『江戸とアフリカの対話』エディタースクール出版部、1996年
注17　井上章一著『京都ぎらい』朝日新書、2015年
注18　篠原徹「俳諧・俳句と「ふなずし」」橋本道範編著『再考ふなずしの歴史』サンライズ出版、2016年

注19　藤田真一著『蕪村』岩波新書、２０００年
注20　吹田くわい保存会編『吹田くわいの本』創元社、２０１０年
注21　注11同掲
注22　篠原徹「記憶する世界と歩く世界」『現代思想』第39巻第15号、青土社、２０１１年
注23　坪内稔典著『上島鬼貫』神戸新聞総合出版センター、２００１年
注24　雲英末雄・佐藤勝明訳注『芭蕉全発句』角川ソフィア文庫、平成22年
注25　山下一海著『芭蕉百名言』角川ソフィア文庫、平成22年
注26　福沢諭吉著・松沢弘陽校注『文明論之概略』岩波文庫、１９９５年
注27　米山俊直著『小盆地宇宙と日本文化』岩波書店、１９８９年
注28　柳田國男『民間傳承論』（定本柳田國男集・第25巻）、筑摩書房、昭和45年
注29　堀切実「五、行脚の競演―遊行遍歴者としてのふたり」『俳聖芭蕉と俳魔文考』角川選書、平成18年
注30　山本健吉「俳諧についての十八章」『俳句の世界』新潮叢書、昭和31年
注31　山本健吉『芭蕉全発句』講談社学術文庫、２０１２年
　芭蕉の句に現れるさまざまな職種は出現の年代順にならべてみた。
注32　芳賀徹『文明としての徳川日本』筑摩書房、２０１７年
注33　雲英末雄・佐藤勝明訳注『芭蕉全句集』角川ソフィア文庫、平成22年
注34　注1同掲
注35　ハルオ・シラネ著・衣笠正晃訳『芭蕉の風景　文化の記憶』角川書店、２００１年
注36　中村俊定校注「笈の小文」『芭蕉紀行文集』岩波文庫、昭和46年
注37　萩原恭男校注『おくのほそ道』の校注、岩波文庫
注38　北村四郎・村田源共著『原色日本植物図鑑』木本編Ⅰ、保育社、昭和46年

注39　小林忠「江戸庶民の臥遊の山水ー街道浮世絵の楽しみ」『東海道・木曾街道　広重二大街道浮世絵展』図録、小池麻紀子・NHKプロモーション編集、NHKプロモーション発行、2006年
注40　注34同掲
注41　注5同掲
注42　篠原徹『自然を詠む』飯塚書店、2011年
注43　柳田國男「生活の俳諧」『木綿以前のこと』定本柳田國男集第14巻、筑摩書房、1969年
注44　注6同掲

初出
第1章　芭蕉の近江、蕪村の京
俳誌『船団』（船団の会編集・発行）124号（2020年3月）・125号（2020年6月）の2回にわたって連載したもの
第2章　旅と俳諧・俳句　　書き下ろし

あとがき

近江に住むようになって11年になろうとしている。滋賀県立琵琶湖博物館の館長職を9年間務め、その職を2年前に退き、いわゆる隠居生活に入っている。その前には千葉県佐倉市にある国立歴史民俗博物館に25年間在職していたので、博物館と名のつく研究機関におよそ34年間務めたことになる。博物館屋を名乗ってもおかしくない年数である。最初のころはそれほど好きではなかった博物館であるが、今ではすっかり博物館が好きになってしまった。

私の研究は「人と自然の関係についての民俗学的研究」なのであるが、これは博物館に勤める以前からのことであるので、もうかれこれ50年になるわけである。これは今でも続いているテーマであるが、現在は対象が俳諧にみる人と自然の関係になってきただけで同じことである。それまでは農山漁村の人びとがどのように自然とつきあい如何にして自然から糧を得るのかというフィールドワークに基づくエスノサイエンス研究がその中心的なテーマであった。

この研究は文理融合的な視点をもっていなければならない。とくに自然科学といっても生物学と関連が強い。なかでも分類学や生態学などの分野かつて博物学などと総称されたものとエスノサイエンスは強い関連がある。幸いなことに琵琶湖博物館は動物学や植物学の優秀な研究者がいて、私にとってはきわめて有益なことであり、生き物を詠む俳諧研究でもずいぶんと琵琶湖博物館の館員にはお世話になった。とくに琵琶湖の淡水魚に関する知識はほとんど館員から得た知識だといってもいい。お名前はいちいちあげないけれども現館長の高橋啓一さんをはじめとした琵琶湖博物館の館員の皆様には記して謝意を表わしておきたい。

琵琶湖博物館のテーマは琵琶湖と人の暮らしのあるべき共存を追求することである。大きな平野のなかに琵琶湖を湛えていて、かつ広やかな空間で展開した遥かなる歴史が溶け込んだ風土が近江である。自然と人間の営みの調和した姿がここかしこにみられるのが、芭蕉が愛しんだ近江である。近江に住むようになって、近江が米どころであり、酒どころであることを知った。さらに近江の風土は、俳諧や俳句を詠む人にとっては人と自然の調和した景色をもつ「句どころ」であることを発見した。私のこのブックレットはそうした風土のなかで華開いたことをしめす俳諧民俗誌だと思っていただければ幸いである。

最後にこの琵琶湖博物館ブックレットの創刊についてはサンライズ出版の岩根順子さんにご尽力いただいた。創刊以来5年経過したがこのシリーズも続々と発行され、私の著書で14冊目となる。琵琶湖博物館の研究がこのような市民向けの良書として発行されるのはひとえにサンライズ出版の協力なくしてはありえないことである。記して感謝したい。

【著者略歴】

篠原　徹（しのはら・とおる）

1945年７月、中国長春市に生まれる。1969年京都大学理学部植物学科、1971年同大学文学部史学科卒業。博士（文学）。専門は民俗学および生態人類学。1971年岡山理科大学蒜山研究所助手、1983年同大学教養部助教授となる。1986年国立歴史民俗博物館助教授、1995年同博物館の教授となる。2007年総合研究大学院大学の併任教授となり、国立歴史民俗博物館の副館長に就任する。2008年大学共同利用機関・人間文化研究機構理事を経て、2010年に滋賀県立琵琶湖博物館・館長に就任し、2019年３月に退職する。現在、滋賀県立琵琶湖博物館名誉館長、国立歴史民俗博物館名誉教授、総合研究大学院大学名誉教授。

【主要著書】

『自然と民俗』日本エディタースクール出版部、1990年
『海と山の民俗自然誌』吉川弘文館、1995年
『アフリカでケチを考えた』筑摩書房、1998年
『自然と生きる技術』吉川弘文館、2005年
『自然を詠む』飯塚書店、2010年
『ほろ酔いの村』京都大学学術出版会、2019年
編著『民俗の技術』朝倉書店、1998年
編著『エスノサイエンス』京都大学学術出版会、2002年
編著『中国海南島・焼畑農耕の終焉』東京大学出版会、2004年

琵琶湖博物館ブックレット⑭

琵琶湖と俳諧民俗誌
―芭蕉と蕪村にみる食と農の世界―

2021年６月１日　第１版第１刷発行

著　者　篠原　徹
企　画　滋賀県立琵琶湖博物館
〒525-0001 滋賀県草津市下物町 1091
TEL 077-568-4811　FAX 077-568-4850
デザイン　オプティムグラフィックス
発　行　サンライズ出版
〒522-0004 滋賀県彦根市鳥居本町 655-1
TEL 0749-22-0627　FAX 0749-23-7720
印　刷　シナノパブリッシングプレス

ISBN978-4-88325-724-9 C0339

琵琶湖博物館ブックレットの発刊にあたって

琵琶湖のほとりに「湖と人間」をテーマに研究する博物館が設立されてから2016年はちょうど20年という節目になります。琵琶湖博物館は、琵琶湖とその集水域である淀川流域の自然、歴史、暮らしについて理解を深め、地域の人びととともに湖と人間のあるべき共存関係の姿を追求してきました。そして琵琶湖博物館は設立の当初から住民参加を実践活動の理念としてさまざまな活動を行ってきました。この実践活動のなかに新たに「琵琶湖博物館ブックレット」発行を加えたいと思います。

20世紀後半から博物館の社会的地位と役割はそれ以前と大きく転換しました。それは新たな「知の拠点」としての博物館への転換であり、博物館は知の情報発信の重要な公共的な場であることが社会的に要請されるようになったからです。「知の拠点」としての博物館は、常に新たな研究が蓄積され、新たな発見があるわけですから、そうしたものを「琵琶湖博物館ブックレット」シリーズというかたちで社会に還元したいと考えます。琵琶湖博物館員はもとよりさまざまな形で琵琶湖博物館に関わっていただいた人びとに執筆をお願いして、市民が関心をもつであろうさまざまな分野やテーマを取りあげていきます。高度な内容のものを平明に、そしてより楽しく読めるブックレットを目指していきたいと思います。このシリーズが県民の愛読書のひとつになることを願います。

ブックレットの発行を契機として県民と琵琶湖博物館のよりよいさらに発展した交流が生まれることを期待したいと思います。

二〇一六年　七月

滋賀県立琵琶湖博物館・館長　篠原　徹